KB267240

Another
Life
: Glitch

어나더 라이프 : 글리치

박새봄 · 박현진 · 박현주 · 이윤정

원하지 않으면 안 가면 돼요.
하지만 선택은 가능해요.

―――――――

〈굿 플레이스〉 중에서

차례

뭘 좀 보게 된 홍단비

박새봄

1

　홍단비가 침대에서 몸을 일으킨 건 정오가 가까워질 무렵이다.

　사실 동이 트기 훨씬 전부터 이미 깨어 있었지만, 홍단비는 거의 필사적으로 눈을 감고 버티며 하루의 시작을 미뤘다. 오늘은 어쩌면 제 인생에서 가장 절망적인 날이 될지도 모르니까. 홍단비는 결코 돌이킬 수 없는 날이 될지도 모르는 하루의 시작을 최대한 미루고 싶었다. 그래서 반나절이나 이불 속에서 뒤척이다가 더는 허리가 아파 도저히 누워 있을 수 없는 지경이 되어서야 비로소 목청을 가다듬고 혼잣말을 했다.

　"그래, 보자. 봐야지, 홍단비! 뭐가 어떻게 되든 확인은 해야지."

　혼잣말하는 데 무슨 목청씩이나 가다듬나 싶지만, 씩씩한 혼잣말은 홍단비의 오랜 버릇이고 아주 유용한 생존의 기술이었다. 대개 하기 싫은 일을 할 때, 좀 두려운 상황을 만났을 때, 또는 세상에 완전히 혼자라고 느껴져서 마음이 쭈그러질 때, 홍단비는 늘 씩씩한 혼잣말로 자신을 응원하고 다독이며 곤란한 순간들을 이겨냈다. 제 마음속에만 있던 생각이 목소리로 세상에 나오면, 그 목소리가 마치 가장 가까운 친구인 듯 든든했다. 자기 마음의 목소리를 자기 친구로 삼은 사람, 그게 홍단비였다.

씩씩한 혼잣말로 밤새 자기를 짓누르던 적막을 깨고 나니 움츠려 있던 몸이 좀 펴졌다. 그러나 대로변 쪽으로 난 창 앞에 서서 커튼을 움켜쥘 때는 손이 좀 떨렸다. 늘 용감한 홍단비라도, 오늘은 그럴 만했다. 지금 홍단비가 확인하려는 것은 자기가 된통 미쳤는지 아닌지를 확인해야 하는 순간인데 왜 아니겠는가.

지난 며칠간, 홍단비는 자신에게 일어난 이상한 변화 때문에 가슴이 두근댔다. 사흘 내내 집 밖으로는 한 발짝도 나가지 못하고, 이게 대체 무슨 일일까 그것만 생각했다. 별일이 아니라는 답에 도달하고 싶어서, 그런 결론이 나올 때까지 생각하고 또 생각했다. 그러던 어젯밤, 마침내 큰 결심을 했다. 이렇게 마냥 미룰 수는 없다. 이제는 결론을 내자. 내일 아침에도 '그것'이 보인다면, 이제는 인정해야만 한다. 나는 미친 것이다.

홍단비가 사는 곳은 번화가 대로변에 있는 오피스텔이다. 밤이고 낮이고 인파로 북적이는 동네. 커튼만 열면, 바쁘게 오가는 사람들이 보일 것이다. 그들의 목덜미를 하나하나 쳐다보기만 하면 된다. 별일이 없다면, 가벼운 마음으로 돌아서서 커피를 내려야지, 그리고 커피 향을 맡으며 며칠째 건너뛴 스트레칭을 해야겠다, 음악은 뭘 틀까. 아직도 커튼을 붙잡고 선 홍단비는 그런 별스럽지 않은 생각을 하면서도 마음 한편이 아릿해졌다. 어쩌면, 다시는 누리지 못할 평화로운 아침 일상일지도 모른다고 생각하니 별게 다 애틋하게 느껴졌다.

커튼을 열어젖히기 전, 마지막으로 메모장에 적어둔 투두리스트에 빠진 게 없는지 다시 확인했다. 혼란스럽고 기이한 며칠을 보냈던 홍단비는 어젯밤 침착하게 투두리스트를 작성해두었다. 만약 자신이 미친 거라면 제일 먼저 뭘 해야 할지를 생각했던 것이다. 갑작스러운 자신의 변화 때문에 자기와 관계있는 누군가가 당황하거나 곤란해지지 않도록, 꼭 해야 할 일들의 리스트를 세심하게 적어두었다. 만약 자기가 이미 미치기 시작한 것이라면, 그 광증의 정도나 속도가 어떨지 모르는 일이니 나중을 위해 메모를 남겨두는 게 필요하다고 생각했다. 홍단비는 이런 사람이었다. 대뜸 자신의 비극에 취하기 어려운 사람, 무슨 일이 일어나도 늘 침착하게 최선을 다해 남에게 폐를 끼치지 않을 방도를 찾는 사람.

그리고 오늘 아침, 모든 상황을 받아들일 마음의 준비를 끝낸 다음,

마침내 자기 집 거실 창의 두툼한 암막 커튼을 휙 열어젖혔다.

그리고 잠시 후, 깊은 탄식과 함께 무릎이 꺾여 주저앉았다.

보인다. 여전히, 보여.

저 빌어먹을 뱀이, 어제보다 더 선명하게 보인다.

온갖 사람들의 목덜미에 칭칭 감겨 꿈틀대는 커다란 뱀들.

절대로 현실일 리 없는 환각.

의심할 바 없이, 나는 결국 미쳐버렸구나.

내 엄마처럼.

창가에 주저앉은 홍단비는 몇 시간이나 그렇게 가만히 있었다. 씩씩한 혼잣말도 할 수 없었다. 한심하고 절망적인 마음의 소리를 굳이 입 밖으로 내뱉어서 두 번 들을 이유가 없었다. 별수 없이 나도 이렇게 되었구나. 미쳐버린 엄마, 그걸 보고 혼자 도망가버린 아빠, 그래서 세상을 등진 엄마, 그래서 결국 외숙 부부에게 맡겨진 갓난아기. 시작부터 평범함과는 거리가 먼 삶이었지만, 그래서 더욱 평범하게 웃으며 살려고 무진 애를 썼는데 결국 다 틀려버린 것이다. 홍단비는 그동안 지나칠 정도로 제 삶에 기울여온 온갖 노력들을 생각하니 갑자기 억울했고, 쓸쓸했고, 서러웠다. 그렇게 자신의 운명을 탓하며 웅크리고 있던 몇 시간 동안에도 통곡이나 절규는 없었다. 다리가 저릴 때쯤 일어나 눈을 깜박이며 젖은 눈을 말리면서, 제일 먼저 투두리스트의 첫 번째 항목을 확인했다.

'상아 이모에게 전화해 이 모든 상황을 알리고 도움을 청할 것.'

홍단비는 전화기를 손에 들고, 시계를 보며 15분쯤 더 기다렸다. 좋은 일도 아니고, 촌각을 다투는 일도 아니니 이모의 업무 시간이 끝날 때까지 기다리자. 그렇게, 제가 정한 투두리스트의 첫 번째 일을 하기 위해 15분쯤 기다리는 동안 홍단비는 생각했다. 그래, 이제 미치는 거야 어쩔 수 없지만, 그래도 끝까지 최선을 다해 성실하겠어. 여전히 씩씩한 혼잣말은 나오지 않았다. 이제 홍단비에게 남은 바람은 하나였다. 완전히 미쳐버리기 전, 적어도 자기의 마지막 모습이 '성실하게 제 삶의 자리를 정리하려고 애썼던 사람'으로 누군가에게 기억되는 것.

2

홍단비가 '그것'을 처음 본 것은 나흘 전, 왁자지껄한 술자리에서였다.

5년 차 뮤지컬 배우인 홍단비가 앙상블로 참여했던 대형 뮤지컬 공연이 막을 내렸고, 이른 저녁부터 시작된 쫑파티 자리는 정신없이 소란스러웠다. 연습 기간까지 합하면 거의 반년을 함께 부대끼며 지낸 배우들과 스태프들이니 마지막 술자리에서 쌓인 것도, 풀 것도 많다. 저마다 목청껏 떠들며 술잔을 채웠고, 홍단비도 여느 때처럼 그들과 자연스럽게 어울리며 분위기를 맞추고 있었다. 그렇게 맥주를 두어 잔 정도 마셨을 즈음, 갑자기 열이 나는 것처럼 눈이 뻑뻑해지더니 귀가 먹먹해졌다. 그리고 눈앞이 하얘지면서 아무 소리도 들리지 않았다. 겨우 몇 초였겠지만, 홍단비는 순식간에 저 혼자 막막한 다른 공간으로 던져진 것 같은 느낌에 당황했다. 눈을 끔뻑이고, 마른세수를 하고, 관자놀이를 지압하며 필사적으로 정신을 차리려고 애썼다. 오늘은 술이 받지 않는 날인가 보다. 하긴, 요 며칠 수면 부족과 과로로 힘들긴 했지. 침착하게 숨을 고르던 홍단비가 겨우 다시 정신을 차렸을 때, 그는 눈앞에 펼쳐진 기이한 풍경에 하마터면 꺅 하고 비명을 지를 뻔했다.

뱀이었다. 분명히 살아 있는, 느릿느릿 꿈틀대는 뱀을 본 것이다.

팔뚝만 한 굵기의 뱀이, 홍단비의 맞은편에 앉아 있는 제작사 대표의 목덜미를 칭칭 감고 있었다. 아까부터 되도 않는 농담이나 지껄이며 눈이 풀려가던 대표는 제 목에 그런 징그러운 것이 감겨 있는 걸 전혀 모르는지, 아무렇지도 않게 웃으며 풋고추를 아작아작 씹고 있었다. 홍단비는 소름이 쫙 끼치고 머리끝까지 후끈해졌지만, 대번에 이것은 자기의 환각일 뿐이라는 걸 알았다. 대학로 한복판, 이런 복잡한 술자리에 느닷없이 뱀이라니. 둘러보니 자기 말고는 모두가 아무 일도 없는 듯 자연스러웠다. 잠깐은 '다들 취해서 아직 이걸 못 봤나?' 생각도 했지만, 곧바로 그 역시 말이 안 된다는 걸 알았다. 저 대표가, 아무리 취했어도 저렇게 꿈틀대는 뱀을 목에 두른 채 헤벌레 웃으며 풋고추를 씹고 있을 리가 없다. 이건 분명히 환각이다. 이마에 밴 진땀을 닦으며 홍단비는 버릇처럼 혼잣말을 했다.

"에이, 이건 아니지. 뱀이 뭐냐, 뱀이. 정신 차려, 홍단비……."

너무나 뜬금없는, 제법 큰 소리의 혼잣말이 튀어나와서 홍단비는 살짝 당황했다. 그러나 다행히 아무도 홍단비에게 신경 쓰지 않았다. 이미 여기저기 거나하게 취한 사람들이 각자의 헛소리, 각자의 혼잣말을 중얼거리고 있었기 때문에 홍단비의 혼잣말은 오히려 자연스러웠다.

"그렇지, 이건 아니지. 뜬금없이 무슨 뱀……."

일부러 더 큰 소리로 또박또박 혼잣말을 했다. 정신을 차리면 그것이 사라질 것 같았다. 저것은 분명 환각일 테니까. 용기를 내어 다시 대표의 목에 감긴 뱀을 쳐다보았다. 환각이라고 하기에는 너무나 생생했다. 흐릿하거나 환영처럼 보이는 게 아니었다. 차마 만질 수는 없지만, 만지면 그 미끈한 촉감까지 느껴질 게 분명한, 살아 있는 뱀이었다. 그렇게 홍단비가 자신의 환각을 떨치기 위해 이를 악물며 거대한 뱀을 뚫어지게 쳐다보는데, 갑자기 그 뱀이 대가리를 홱 치켜들고 홍단비 코앞으로 쑥 다가왔다.

"악! 안 돼! 저리 가!"

놀라서 비명을 뱉어놓고 금방 후회했다. 앗, 실수다.

"왜? 뭐, 나 딴 자리로 가버리라고? 내가 그렇게 싫어?"

대표가 혀 꼬인 소리로 웃으며 홍단비에게 물었다. 이성의 끈을 놓지 않은 홍단비는 우는 것도 웃는 것도 아닌 우스꽝스러운 얼굴로 얼른 변명을 했다.

"그, 그럴 리가요! 대표님 숟가락에 아까부터 파리가 앉으려고 해서! 저리 가, 파리! 어디 우리 대표님 숟가락에 감히!"

눈이 풀린 대표는 우는 것도 웃는 것도 아닌 우스꽝스러운 얼굴로 허공에 손을 휙휙 저어대는 홍단비를 보며 헤벌레 웃었다.

"역시 단비, 크게 될 우리 단비. 자, 한 잔 받아."

홍단비는 덜덜 떨리는 손으로 뱀 목도리를 한 대표가 따라 주는 술을 받아 마시며 자리를 옮겨야겠다고 생각했다. 저 뱀이 안 보이는 테이블로 가자. 이러다 오늘 크게 실수하겠다. 홍단비는 도망갈 자리를 찾아 주변을 둘러보다가 가슴이 철렁 내려앉는 것을 느꼈다. 대표 목에 있는 뱀 하나가 아니었다. 여기저기, 뱀을 목도리처럼 두른 사람들이 아무렇지 않게 웃고 떠들고 있었다. 하나, 둘, 셋…… 대충 세어봐도 열 마리가 넘었다. 제법 친하게 지내던 몇몇 친구들 목에도 뱀들이 꿈틀대고 있었다. 심지어 뱀을 목에 두른 채 이 테이블 저 테이블로 옮겨 다니는 사람들도 꽤 보였다. 도망갈 만한 안전한 자리가 없었다. 언제나 침착함을 잃지 않는 홍단비는 심호흡을 하고 생각을 고쳐먹었다. 어차피 환각이고, 어차피 도망갈 데도 없으니, 그냥 이 환각에 빨리 익숙해지자. 그렇게 홍단비는 그날 쫑파티 자리를 끝까지 지켰다. 무던하고 용감한 홍단비. 그날까지만 해도 홍단비는 자기가 너무 피곤해서 뭔가 살짝 고장 났을 뿐이라고, 아니면 빈속에 들이켠 술이 만들어낸 곤란한 환각일 뿐이라고 생각했었다. 이 술자리를 벗어나 찬 공기를 마시면, 술이 깨면, 하룻밤 푹 자고 나면, 다 사라질 헛것이라 생각했기에 가끔씩 혼자 흠칫흠칫 놀라면서도 자정에 이르도록 쫑파티 자리를 지켰다.

그러나 집으로 돌아오는 길부터는 슬금슬금 불안해졌다. 거리를 오가는 사람들 서넛 중 한 명은 뱀 목도리를 두르고 있었다. 찬 공기를 마시고 술이 좀 깨는 것 같은데도 그 환각은 점점 더 선명해졌다. 아무리 환각이래도 꿈틀대는 뱀들과 함께 몸 부대끼며 버스를 탈 수는 없을 것 같아 택시를 탔지만, 늙수그레한 택시 기사의 목덜미에도 뱀이 꿈틀거렸다. 가슴이 두근거렸다. 홍단비는 눈을 감고 심호흡을 했다. 괜찮아, 집까지만 무사히 가자. 푹 자고 나면 괜찮아져. 술이 안 깨서 그래.

택시에서 내린 홍단비가 오피스텔로 들어서며 몇 년째 친근하게 인사를 주고받는 경비 아저씨의 목에도 뱀이 둘러져 있는 걸 보았을 때, 홍단비는 이제 거의 울고 싶은 지경이었다. 아무도 없는 제 집, 제 침대로 기어들어가고 나서야 비로소 평정심을 찾을 수 있었다. 자고 일어나면 이 빌어먹을 환각도 사라질 것이다. 내일 아침에는 아무한테라도 전화를 걸어 '어제 내가 술 먹고 뭘 봤는 줄 알아?' 깔깔대며 웃어야겠다. 제일 먼저 누구한테 전화할까. 웹소설을 써서 근근이 먹고사는 친구 주희한테 이 이야기를 해주면 엄청 흥미로워하겠지. 좀 과장을 섞어 실감 나게 들려줘야겠다. 내가 본 환각을 창작의 소재로 써도 좋다고 허락하며 밥을 사라고 해야겠어. 홍단비는 마음 한 구석 스멀스멀 올라오는 깊은 불안을 외면하느라 이런 가벼운 생각들을 억지로 이어가며 자신을 다독였다. 괜찮다고, 별일 아니라고, 내일 아침이면 다시 멀쩡한 세상을 보게 될 거라고. 그러나 홍단비의 바람은 이루어지지 않았다. 그다음 날도, 그리고 그다음 날도.

그렇게 홍단비는 '뱀을 보는 사람'이 되어버렸고, 뱀을 보기 시작한 후 닷새째 되는 날 아침, 마침내 자신이 미쳤다는 걸 받아들인 것이다.

3

홍단비가 '상아 이모'라고 부르는 진상아가 단비의 전화를 받은 것은 오후 진료가 거의 끝날 무렵이었다.

진상아는 불행하게 세상을 등진 친구의 딸 단비를 자신의 딸처럼 돌봤다. 공식적으로 홍단비를 입양해 키운 것은 단비의 외삼촌 부부지만, 단비의 삶에서 엄마의 자리를 대신해준 것은 진상아였다. 홍단비의 입학식이나 학예회도, 학부모 면담도, 반 친구들을 모두 불러서 했던 생일 파티 같은 것도 모두 진상아의 몫이었다. 단비의 외삼촌 부부는 갓난아기였던 홍단비를 맡을 때 '이 아이가 성인이 될 때까지, 우리 집 울타리에서 안전하게 살게 한다'는 약속을 했고, 정말로 딱 그 약속만 지켰다. 홍단비를 학대하거나 함부로 대하지도 않았지만 끝까지 살가운 가족으로 받아들여주지는 않았다. 결혼하지 않고 정신과 의사로 꽤 인정받으며 바쁘게 살아온 진상아는 그들이 자신 대신 단비의 건강과 안전을 전적으로 책임져준 것만으로도 충분히 제 역할을 했다고 생각했다. 단비가 법적으로 성인이 되었을 때, 진상아는 자신의 집과 가까운 곳에 작은 오피스텔을 얻어 단비를 독립시켰다. 주말이면 함께 쇼핑을 가기도 하고, 마트에서 장을 보며 이걸 해 먹자, 아니다, 저걸 해 먹자 티격태격하며 사이좋은 모녀처럼 지내왔다. 최근 몇 달은 단비의 공연 일정 때문에 주말에 만나는 게 힘들어졌지만, 공연이 없는 월요일 저녁이면 단비는 꼭 상아의 집에 들러 일주일간의 수다를 풀어놓았다.

그런 단비에게서 전화가 왔다. 단비가 이 시간에 전화를 한다는 건 무슨 일이 생겼다는 것이다.

"왜, 단비. 무슨 일이야."

심상치 않은 침묵이 흐르고, 마침내 전화기 너머 단비의 목소리가 들렸다.

"이모. 나, 큰일 났어. 며칠 전부터 나, 뭐가 이상한 게 보여."

담담하게 말했지만, 진상아는 단번에 알 수 있었다. 한참 울었구나, 이 녀석. 목소리가 잠겼어.

"잠깐 그러다 말 줄 알았는데 아니야. 안 없어져. 징그러워 죽겠어."

말없이 듣고만 있던 진상아의 심장이 쿵 떨어졌다. 거의 30년이 지났지만, 진상아가 목숨처럼 사랑했던 친구 연주가 처음 자신에게 했던 말을 생생하게 기억하고 있었다.

'상아야, 나 이상한 게 보여. 너무 징그러워. 징그러워 죽겠어.'

진상아가 계속 침묵하자 단비가 물었다.

"듣고 있어? 여보세요?"

"그럼, 듣고 있지. 그래서, 징그러운 뭐가 보이는데?"

단비가 대답하지 않아도 진상아는 짐작할 수 있었다. 너도 보게 되었구나, 그 빌어먹을 뱀을.

"여기저기 사람들 목에, 뱀이 있어. 사람들이 목에 뱀을 두르고 있어. 며칠을 기다렸는데 계속 보여. 나, 진짜 미쳤나 봐."

"……."

"눈을 어디다 두어야 할지 모르겠어. 집 밖에도 못 나가겠어. 이모. 나 어떡해? 이제 나도, 엄마처럼 되는 거지?"

'엄마'라는 말을 입에 잘 담지 않던 홍단비는 그 애틋한 단어를 소리 내어 말하는 순간, 참았던 울음을 토해냈다.

"인생이 뭐가 이래. 나 진짜 너무 억울해, 이모. 내가 얼마나, 얼마나 멀쩡하게 살려고 노력했는데……."

홍단비의 울음이 잦아들 때까지, 한참을 가만히 숨소리만

내며 듣고만 있던 진상아가 비로소 입을 열었다.

"아냐, 홍단비. 너 그거, 미친 거 아냐. 절대로."

홍단비는 매우 담담하게, 그러나 더없이 단호하게 '너는 미치지 않았다'고 말해주는 상아 이모가 고마웠지만, 그건 진상아가 자기같이 어디인가 좀 고장 난 사람의 이야기를 들어주는 게 직업이기 때문이라고 생각했다. 이런 상황에 단련되어 있기 때문에 별로 당황하거나 놀라지 않는 거라고, 괜찮다고, 나을 수 있다고, 이모가 최선을 다해 도울 테니까 함께 이겨내보자고, 뭐 그런 이야기들로 이어질 줄 알았다. 그러나 잠시 말을 고르던 진상아가 꺼낸 말은 너무나 뜻밖이었다.

"환영해, 홍단비. 이모가 엄청 기다려온 날이야. 네가 뱀을 보는 날."

뭐라고? 환영한다고?

사람이 너무 당황하면 서러움이나 슬픔 같은 건 잠깐 잊게 된다. 예상치 못한 진상아의 반응에 홍단비는 울음을 그쳤고, 자기가 지금 무슨 일로 상아 이모에게 전화를 한 건지, 이모가 지금 무슨 대답을 한 건지도 헷갈리기 시작했다. 나를 가장 사랑하는 이모가 내가 미친년이 되는 날을 손꼽아 기다려왔다니? 절망적인 광증을 고백한 사람에게 건네는 위로치고는 엄청 참신하고 효과적인 말이라고 생각했다.

'사랑합니다, 고객님' 하며 전화를 받는 고객센터 상담원이 정말로 자기를 사랑한다고 믿는 사람은 없다. 하지만 상담원이 대뜸 '무슨 일이시죠?'라고 묻는 대신 먼저 '사랑한다'고 말해주면 마음이 훨씬 더 편해지는 게 사실이다. 거짓말이어도 그런 힘을 가지는 말들이 있다. 대개 그 말에 담긴 사전적 의미보다 그 말을 하는 사람의 의도와 맥락에 더 중요한 진실이 담겨있기 마련이니까.

진상아의 '환영한다'는 말도 그랬다. 확실히 홍단비는 진상아의 환영 인사를 듣자마자 잔뜩 움츠렸던 어깨가 펴지긴 했다. 조금 전까지만 해도 홍단비는 제 엄마가 그랬던 것처럼, 자기도 역시 '정상적인' 삶을 살기는 틀렸다며 절망적으로 울고 있었다. 온 우주가 제 몸을 짓누르며 옥죄는 것 같아 텅 빈 방 안에서 혼자 고개를 바로 들기조차 힘들 지경이었는데 진상아의 '환영한다'는 말 한마디에 다시 편안하게 숨이 쉬어지고 온몸이 가뿐해지는 것 같았다. 홍단비는 이런 게 이모 방식의 치료라면, 이모는 진짜 훌륭한 정신과 의사임에 틀림없다고 생각했다.

있지도 않은 뱀, 그 징그러운 환각을 보는 게 광증의 시작이든 아니든 그런 나를 두 팔 벌려 환영한다는 사람이 있는데 무슨 큰일이랴, 뭐 어떻게든 되겠지 하는 생각이 들어버린 것이다. 그렇게 홍단비는 '환영한다'는 한마디 말에 힘을 얻었다. 쭈그리고 앉았던 텅 빈 방에서 혼자 고개를 들고 어깨를 펼 수 있는 힘을, 그래서 평소대로 커피 한 잔 내리고 꼿꼿하게 서서 창밖을 내다보며 앞으로의 자기 인생을 좀 다시 생각해볼 수 있

는, 딱 그 정도의 힘을. 그렇게 힘을 내어 샤워를 하고, 옷을 한
껏 차려입고, 진상아가 나오라고 한 곳으로 가기 위해 외출 준
비를 했다. 거기까지 가는 동안 봐야 할 거리의 뱀들을 생각해,
조금이라도 심신의 평화를 얻고자 짙은 선글라스를 챙기는 것
도 잊지 않았다. '환영한다'는 한마디에, 홍단비는 다시 씩씩해
졌다.

4

　해 저물 무렵부터 진상아는 생각에 잠겨 있었다.

　산꼭대기에 지어진 이 호텔은 어디서나 탁 트인 한강을 내
려다볼 수 있어서 특히 루프톱 카페는 밤늦도록 야경을 즐기려
는 사람들로 북적였다. 한 시간쯤 후면, 아무것도 모르는 홍단
비가 내 앞에 앉을 것이다. 아마 기분 전환을 위해 여기로 불러
냈다고 생각할 것이다. 단비가 도착할 시간은 자꾸 다가오는데
진상아는 생각을 정리하지 못해 초조해졌다.

　'환영한다니……. 그게 정말 최선이었을까? 그게 내가 할
수 있는 말이긴 한가? 축하한다고 할걸 그랬나?'

　단비의 전화를 받고 무작정 '환영한다!'고 외쳤지만, 시간
이 지날수록 진상아는 마음이 복잡해졌다. 환각을 본다는 단비
의 고백에 그토록 아무렇지도 않게 환영한다고 말할 수 있었던

건, 사실 진상아가 이런 날을 오래전부터 시뮬레이션해왔기 때문이었다. '환영한다'는 말은, 그러니까 이런 상황이 올 때를 대비해 진상아가 오랫동안 미리 준비해둔 가장 적절한 '대사'였을 뿐이다.

솔직히 말하면 진상아의 마음은 '축하'와는 거리가 멀었고, '환영'할 수 있는 처지도 아니었다. 다만, 오래전 친구 연주의 처절한 비극을 무력하게 바라보며 다짐한 게 있을 뿐이다. 만약 단비에게 연주와 똑같은 일이 일어난다면, 그때 나는 무조건 '환영한다'고 말할 것이다. 놀라지도, 걱정하지도, 당황하지도, 슬퍼하지도 않고, 꼭 그렇게 별일 아닌 듯 환영해줘야지. 그래야만 한다고 생각했다. 그렇게 오래 상상만 했던 일이 오늘 느닷없이 일어났고, 준비해온 대로 담담하게 '환영한다'고 말하는 것에도 성공했다. 그러나 진상아의 준비는 거기까지였다. 그렇게 말한 후에는 뭘 어째야 할지 생각해본 적이 없었다. 그리고 오늘에야 알았다. 여전히 자신은 그들의 '환각'을 인정하고 싶지 않은 사람이라는 것을. 아니, 그 환각의 실체는 인정하지만 그 증상을 축하하고 싶은 마음까지는 가지지 못했다는 것을.

단비의 전화를 받고 진상아는 바로 여기, 이 호텔을 떠올렸다. 진상아가 단비를 굳이 이 호텔로 불러낸 것은 한가하게 야경이나 보기 위해서가 아니다. 이 호텔의 주인인 고세찌 여사가 이곳에 살고 있기 때문이다. 단비를 만나기 전에 진상아는 먼저 고세찌 여사를 만날 생각이었다. 진상아로서는 두 번 다시 만나고 싶지 않은 할머니였다.

"네 친구는 네가 저렇게 만든 거다. 네 그 고집이."

"네가 연주한테 퍼붓는 건 애정을 가장한 폭력이야."

"너는 멍청한 거냐, 나약한 거냐. 왜 그렇게 정상이라는 것에 목숨을 걸어?"

진상아가 30년이 다 되도록 잊지 못하는 아픈 말들을 쏟아부은 기이한 노인. 범접할 수 없는 기운을 지닌 그 할머니에게 도움을 청해야 하는 게 분명한데도, 진상아는 아까부터 꾸물거리며 전화기만 노려보고 있었다. 그때, 고혹적인 향내가 확 풍겨왔다. 익숙한 그 향내에 고개를 드니 호랑이처럼 당당한 풍채의 고세찌 여사가 거짓말처럼 나타나 진상아가 앉은 테이블 앞에 떡 버티고 서 있었다.

"나 보러 온 거, 맞지?"

말없이 고개를 끄덕이는 진상아는 마치 교무실에 불려간 착한 학생 같았다.

"진작 보았지만, 모른 척하고 있었지."

고세찌 여사는 진상아 맞은편에 턱 앉으며 담배에 불을 붙였다. 아무리 야외 정원이라고는 해도, 아무리 자기 호텔이라고 해도 엄연히 영업중인 카페였다. 이런 공공장소에서 저렇게 아무렇지도 않게……. 진상아는 얼른 주변 눈치를 살폈다. 아직 사람들의 시선은 느껴지지 않았다. 그때 저쪽에서 매니저로 보이는 남자가 헐레벌떡 고세찌를 향해 뛰어왔다. 그럼 그렇지,

아무리 호텔 주인이라고 해도 한 소리 듣겠군 하고 있는데 남자는 고세찌에게 허리 굽혀 인사하면서 도자기로 된 재떨이를 테이블 위에 공손히 놓았다.

"죄송합니다, 회장님. 올라오신 줄도 모르고. 이 자리에 계시겠습니까?"

"응, 나 잠깐 얘기 중이라."

"예, 알겠습니다. 그럼 이쪽으로 하겠습니다."

남자는 저쪽에서 파티션을 들고 뛰어오는 직원 둘에게 손짓을 했고, 금방 진상아의 테이블 주변으로 예쁘장한 접이식 파티션이 세워졌다. 큼지막하게 smoking area라는 프린트가 새겨진 파티션이었다. 순식간에 진상아는 고세찌와 함께 병풍 뒤에 숨어 있는 꼴이 되었다.

"굉장하네요, 돈의 힘이란 게."

고세찌 여사는 일부러 진상아 얼굴에 대고 담배 연기를 훅 내뿜었다. 옛날에도 참 고약한 노인이라고 생각했는데 여전했다.

"너, 아직도 내가 불행해 보이냐? 아이고, 너라니. 무례해라. 이렇게 다 컸는데. 진 박사님, 나 불행해 보여?"

진상아는 눈길을 피하며 어쩐지 자신 없는 목소리로 대답했다.

"살고 싶은 대로 사시는 분이니, 뭐, 불행하진 않으시겠죠."

"근데 왜 눈길을 피해? 잘 들여다봐야지. 그거 전문 아냐? 사람 뜯어보면서 이 사람이 미쳤나 안 미쳤나, 그거 땅땅 판결

내려주는 거. 왜, 이 미친 노인네가 얼마나 더 미쳤나 그거 확인하러 왔는데 내가 너무 멀쩡해서 약 올라?"

"그냥 좀 잊어주시면 안 돼요? 어릴 때 했던 말들이잖아요. 그때는 아무한테라도 화를 내고 싶었으니까. 그런 것쯤은 이해해주실 만한 분이 왜 그러세요."

고세찌 여사가 고개를 뒤로 꺾고 큰 소리로 웃어댔다.

"왜 그러냐면, 재미있으니까. 나는 네가 정말 재미있었어. 너 같은 애 놀리는 게 내 인생의 큰 기쁨인데 요즘은 그런 애들이 없네. 앙칼지게 뻗대는 애들이."

"다 놀리셨으면 이제 제 부탁 좀 들어주세요. 제가 오늘 만나 뵈러 온 이유가 있는데……."

진상아는 갑자기 말을 멈췄다. 정말, 단비를 이 사람에게 보내는 게 맞는 걸까.

"오호, 알겠다. 연주 딸이, 뭘 보게 된 모양이지?"

진상아는 깜짝 놀라 고세찌를 멍하니 쳐다봤다.

"모계로 유전되는 거 몇 번 봤어. 그래? 그 아이가 뱀을 봐?"

"……네."

"몇 살이야? 언제부터?"

"며칠 안 됐나 봐요. 연주한테 증상이 나타났던 때랑 엇비슷해요. 스물아홉."

"너는 아직도 증상이라고 말하는구나. 그냥, 능력이라고 해주면 안 되겠어, 진 박사?"

"제가 선생님을 찾아온 이유는요."

진상아는 단호하게 말했다.

"그 아이가 연주처럼 불행해지는 걸, 어쨌든 그건 막아야겠는데, 그래서 오래 마음속으로 준비한 대로, 그게 최선이었거든요, 그래서 그 말 듣자마자 환영한다, 너는 미친 게 아니다, 그 말까지는 했는데…… 사실 저는 아직도, 그게……."

진상아답지 않게 정돈되지 않은 말들이 쏟아졌다. 혼란스러워하는 진상아를 지긋이 쳐다보던 고세찌가 한참 만에 입을 열었다.

"처음 뱀을 보기 시작했을 때, 나는 어땠을 것 같아? 그때도 이렇게 여유 만만했을까? 그럴 리가 있나. 난 겨우 열일곱일 때 시작됐는데."

진상아는 장난기가 다 사라진 고세찌의 말에 귀를 기울였다.

"나, 죽으려고 했었어. 근데 무서워서 못 하겠더라고. 먹고 싶은 것도 많고, 입고 싶은 옷도 많고, 가보고 싶은 데도 많고……. 알잖아, 우리 집 친일파 집안인 거. 엄청 부자였거든. 마음만 먹으면 세상 다 휘저으며 살 수 있는데 이런 병이 오다니……. 그러니 우울증이 시작됐겠지? 그냥 방에 틀어박혔어. 한 1, 2년을 그랬지. 애가 다 죽어가니까 당연히 나를 병원에 데려갔을 거잖아? 그런데 거기서 우연히, 참 그때 그 언니 안 만났으면 내가 어떻게 됐을지. 그 병원에서, 나 같은 어떤 언니를 만난 거야. 나는 그 언니를 만나서 살았고, 그 언니도 나를 만나서 둘 다 살았지. 어떻게 된 거냐 하면……."

진상아는 중간중간 객쩍은 소리가 섞인 고세찌 여사의 긴 이야기를 집중해서 들었다. 단비에게 희망이 될 정보라면 뭐든지 고스란히 다 기억해두고 싶었다.

"그런데 그 언니랑 나랑 그 로비에서 그 남자를 보고 동시에 눈을 질끈 감고 꺅! 하면서 주저앉아버린 거야. 얼마나 이상한 상황이야. 여자 둘이 멀쩡히 서 있다가 그냥 어떤 남자가 지나가는데 둘 다 갑자기 꺅! 하면서 폭 고꾸라졌으니. 약속이나 한 듯이 둘이 똑같이."

그래서, 그게 왜 할머니를 살렸다는 건지, 제발 빨리 결론을 얘기해줘요. 진상아는 마음속으로 빌고 있었다.

"그때야. 내 귀에 종소리가 울리는 것 같았어. 나는 단번에 깨달았지. 저 남자 목에 감긴 뱀이 나한테만 보이는 게 아니구나! 저 사람도 그걸 본다! 내 눈에만 보이는 게 아니라면, 저 뱀은 진짜 있는 거다. 나는 미친 게 아니다. 그 언니도 그때 딱 그 생각이 들었대. 성질 급한 내가 먼저 가서 물었지. 호호호. 내가 좀 그때도 엉뚱했어. 무슨 비밀첩보영화 주인공처럼 은밀히 가서 귀에다 대고 '무슨 색이에요?' 한 거야. 그 언니가 장단을 참 못 맞췄어. '네?' 이러면서 어리둥절하더라고. 그래서 내가 말했지. '저 사람 목의 뱀, 무슨 색이냐고.' 그제야 미령 언니가, 아 그 언니 이름이 미령이야, 암으로 죽었어, 몇 해 전에. 그 언니

가 갑자기 환하게 웃더니 '청색이요, 묽은 잉크 같은 청색!' 이
러고 소리를 치더라고. 그래서 그때 내가 미령 언니를 냅다 껴
안아버렸어. 살았다, 살았어. 나 미친 거 아니구나. 이러고 둘이
그 병원 로비에서 부둥켜안고 막 울었지. 한참을 울었어."

고세찌 여사가 다시 담배에 불을 붙였다. 기분 좋은 추억을
회상하는 노인의 표정은 저토록 의기양양하구나, 진상아는 생
각했다.

"진 박사. 상아야. 네 눈에 보이지 않는다고 해서, 아니지,
너를 포함해 지구인 거의 대부분이, 그러니까 거의 모든 인간
이 그걸 못 본다고 해서 그걸 아예 없는 걸로 칠 수 있니? 똑같
은 걸, 똑같은 형태를 똑같이 보는 두 사람이 있잖아? 그럼 그
건 실제로 있는 거야. 그게 환각이라면, 두 사람의 뇌가 각각 고
장 난 상태인 거면 둘이 똑같은 걸 볼 수는 없잖아. 두 사람 뇌
가 뭐 연동되는 것도 아니고. 그렇지? 내가 몇 번이고 확인했
어. 미령 언니랑 나는 똑같은 걸 봤어. 그때부터야. 나는 내가,
우리가, 보통 사람이 가지지 못한 어떤 능력을 갖게 된 거라고
완전히 믿게 되었지. 그때부터 인생이 좀 신나더라? 뭐에 쓸모
가 있는지 그때는 몰랐지만 아무튼 초능력자가 된 거잖아. 아
직도 그게 뭔지 정확히 알 수는 없지만, 우리가 보는 뱀은 세상
에 분명히 존재하는 무엇이야. 그리고 나는 평생 그것을 보는
사람들을 은밀히 찾아냈고, 연결했고, 사례를 종합해가며 그것
이 무엇인지, 우리가 뭘 어째야 할지를 정리하며 살았어. 나 같

은 사람들에게 정보를 나누며 살기 시작한 거지. 적어도 뱀을 본다는 이유로 스스로 제 삶을 망가뜨리는 여자들이 없기를 바랐거든. 물론 그게 다 돈이 많아서 할 수 있었던 일이지만 나도 제법 인류애가 있는 사람이라고.”

잠시 침묵하던 고세찌가 담담하게 말했다.

“연주를 놓친 게 참 오래 속이 쓰렸다. 연주 딸은 내가 꼭 잡아줄 테니 걱정 말아.”

진상아는 갑자기 심장이 저릿해졌다. 뱀을 본다고 스스로 제 삶을 망가뜨린 여자, 평생을 자매처럼 지내던 연주였다. 내가 만약 마지막 순간에 저 할머니의 말을 믿었더라면, 연주에게 필요한 게 치료가 아니라 무조건적인 환영이었다는 것을 그때도 알았더라면 연주는 지금 내 옆에 있을까.

“곧 여기로 올 거예요. 잘…… 부탁드립니다.”

“오, 이리로 불렀어? 오늘 아예 인사 시킬 작정이었구먼? 많이 유연해졌네, 우리 진 박사?”

고세찌 여사가 다시 농담을 시작했을 때, 파티션 너머로 검은 선글라스를 낀 홍단비가 두리번거리며 진상아를 찾고 있는 게 보였다. 진상아가 파티션 위로 머리를 내밀고 손을 흔들자 홍단비도 손을 흔들었다. 평소처럼 손가락을 쫙 펴서 파닥파닥 손을 흔들며 성큼성큼 걸어오는 걸 보니 진상아는 조금 전까지 서걱거리던 속이 편안해졌다. 크게 겁을 먹지도, 주눅 들지도 않았구나, 단비는.

그때 고세찌 여사가 진상아에게 슬그머니 귀엣말을 하며 웃었다.

"재 지금 뱀 안 보려고 선글라스 끼고 나온 것 봐라. 며칠밖에 안 됐다면서 용하네. 재는 걱정 없겠다, 얘."

5

어스름히 동이 터올 때까지 홍단비는 어제 외출했던 옷차림 그대로 소파에 앉아 있었다. 선글라스도 벗지 않고 밤새도록 그렇게 동상처럼 앉아 말뚱말뚱한 눈으로 온밤을 꼬박 새운 것이다. 어제 처음 만난 웬 기괴한 할머니가 들려준 이야기를 제대로 소화하기 위해서는 그래야만 했다.

"세상에는 말이야, 뱀을 보는 여자들이 있어. 아니지, 이렇게 말하면 안 돼. 세상에는 몇몇 사람들 눈에만 보이는 뱀이 있어, 이렇게 말해야 맞는 거지."

예의 바른 홍단비였지만, 기이한 노인의 농담 같은 황당한 이야기가 길어지자 표정 관리가 어려워졌다. 이모답지 않게, 이게 뭐 하자는 거지? 나와 같은 증상을 가진 환자를, 그런 환자의 끝을 미리 보여주려는 건가? 나도 저 할머니처럼 곱게 미치게 될 거라는 걸 알려주려고 이런 자리를 마련했다면 이모에게 실망이다. 그다지 흉하지 않게, '곱게' 미친다고 해서 그게 지금

나한테 무슨 희망이 된다는 건가. 홍단비가 끝내 옆에 있던 진
상아에게 짜증스러운 내색을 감추지 못했을 때, 이번에는 진상
아가 충격적인 이야기를 시작했다.

"사실은, 단비야. 네 엄마, 안 죽었어. 죽은 거나 다름없지
만, 살아 있어. 어린 너한테 이해시킬 방법이 없어서, 사실을 말
해줄 수가 없어서 죽었다고 했어. 네 엄마도 뱀을 봤어, 너처럼.
네 엄마도 이분을 만났고 이 이야기를 다 들었지. 근데 결국 연
주는 아무것도 믿지 않았어. 자기 눈, 자기가 보는 것, 자기 자
신의 모든 걸 부정했지. 그런데도 뱀은 계속 보이고, 그래서, 그
러다가 결국…… 자기 눈을 스스로 찌르고 정신을 아예 놓아
버렸어. 이모가 가끔 자원봉사 간다는 경기도의 병원 있잖아.
거기 있어, 네 엄마."

거기까지 들었을 때, 홍단비의 머릿속에서 뭔가가 탁 하고
풀리는 것 같았다. 이후로도 많은 이야기를 들었지만, 홍단비
는 점점 몽롱해져서 아무것도 생각할 수 없었다. 어떻게 집까
지 돌아왔는지도 모르겠다. 진상아가 데려다준 것 같기도 하다.
홍단비는 살금살금 조심스럽게 걸었던 것만 기억난다. 제 머리
위에 금방이라도 쏟아질 것 같은 거대한 콩 자루가 얹혀 있는
것 같았다. 그래서 밤새도록 소파에 가만히 앉아 목이 꺾일 것
처럼 무거운 그 생각의 콩 자루를 없애야 했다.

"가장 희망적인 것, 가장 희망적인 소식은 무엇일까. 그거
하나만 잡고 있으면 돼."

혼자 문제집을 풀 때 소리 내어 또박또박 문제를 읽어보듯이, 홍단비는 혼잣말을 시작했다. 전혀 씩씩한 목소리는 아니었다. 밤새도록 어제 상황을 이해하려고 이런저런 생각을 했고, 여전히 상아 이모가 환자가 될 자신을 위해 만든 어떤 연극, 치료 차원의 무엇인 것 같다는 의심이 들었다. 아니, 그렇게 의심하는 게 가장 '정상인'다운 반응이라고 생각했다. 그러나 고세찌라는 이름의 그 기이한 할머니가 했던 단 한마디가 자꾸만 홍단비를 그 '미친 세계'로 잡아끌었다.

"믿거나 미치거나 둘 중 하나야."

자기 눈에 보이는 세상을 믿으면, 다른 세상을 보며 제법 신나게 살 수 있다고 했다. 뱀을 보는 다른 사람들이 어떻게 살고 있는지도 이야기해주었다. 형사였던 누구는 '뱀 보는 능력'이 생긴 후 초고속 승진을 하고 있다고 했다.

"걔는 형사로서의 감이 남다른 척, 정보를 수집하는 능력이 뛰어난 척 살고 있지만, 사실은 범인 특정할 때 대체로 뱀 두른 놈들을 잡아 족치는 것뿐이야. 걔는 직업상 땡잡은 거지 뭐."

홍단비는 기이한 할머니가 거침없이 생생하게 들려주는 '그런 여자들'의 이야기를 홀린 듯이 들었다. 그중에는 놀랍게도 홍단비가 이미 알고 있는 사람도 있었다.

"원래 대학로 길거리에서 타로 봐주고 궁합 봐주고 그러면서 근근이 살던 앤데, 뱀 보고 나서는 아주 잘나간대. 커플들 왔을 때, 한쪽이 뱀 두르고 있으면 몰래 다른 쪽에 경고를 해줬거든. 그랬더니 쓰레기 감별사라고, 폭탄 감별사라고 소문이 돌아서 예약 없으면 만날 수도 없대. 어디 깨끗한 건물에 스무 평짜리 사무실까지 얻었다던데?"

대학로에서 유명한 타로술사 엄 마담 이야기였다. 홍단비 주변에도 엄 마담 팬들이 많았고, 엄 마담의 도움으로 큰 봉변을 피한 사람들의 이야기는 도시 전설처럼 대학로에 떠돌았다.

"뱀을 보는 네 눈을 믿으면 네가 사는 거고, 안 보이는 다른 사람 눈을 믿으면 넌 미친 거다. 점점 더 미쳐가겠지. 한번 보기 시작했는데 다시 안 보이게 된 사람은 없었거든.

그러니, 믿기로 결심하면 그때 다시 찾아와. 다른 언니들 소개시켜줄 거고, 그동안 뱀에 관해서 내가 모은 자료들도 줄 거야. 갑자기 다른 세상으로 넘어오는 애한테 우리가 그쯤은 해줘. 앞으로 살아야 할 세상이 좀…… 성가시긴 하지만, 어쩌겠냐. 팔자다 하고 살아야지."

밤새도록 어제 일을 하나하나 복기한 홍단비는, 마침내 소파에서 일어나 창가로 가서 두꺼운 암막 커튼을 거침없이 열어젖혔다. 아침 햇살에 눈이 시렸다. 거리를 내려다보며 보이는 뱀을 세었다. 하나, 둘, 셋……. 일곱 마리의 뱀이 출근하는 사람 목에, 토스트를 먹으며 뛰는 사람 목에, 스마트폰을 보며 걷는 학생의 목에 감겨 그들과 함께 세상을 살고 있었다.

"그래, 살자. 살아야지. 보이는데 어쩌겠어. 믿는 거지."

홍단비는 슬그머니 웃었다. 뱀을 보게 된 이후 창밖을 보며 웃는 건 오늘이 처음이었다. 연극배우 톤의, 예의 그 씩씩한 혼잣말도 우렁차게 다시 시작됐다.

더 미룰 것 없이 오늘 당장 고세찌 여사에게 연락을 해야겠다고 결심했다. 그리고 전화기를 들어 진상아에게 전화를 걸었다. 이른 시간이었지만, 그녀가 업무를 시작하기 전에 꼭 할 말이 있었다. 진상아는 전화벨이 두 번 울리기도 전에 급히 받았다.

"어, 단비, 무슨 일이야. 괜찮아?"

잔뜩 긴장해 있는 진상아의 목소리를 들으며 홍단비는 마음이 따뜻해졌다. 평생 나를 이렇게 사랑해준 사람이다. 나한테는 이런 사람이 있다.

"이모, 고마워. 이모는 보지도 못하면서, 사실 완전히 믿지도 못하면서, 무작정 나한테 환영한다고 해줘서 고마워. 나, 이제 괜찮아. 내가 앞으로 뭘 보며 살든, 어쨌든 나는 살 거야. 끝까지 행복하게 살아낼 거야. 그렇게 결정했어. 걱정 말라고, 그말 하려고 전화했어."

가만히 듣고 있던 진상아가 간신히 울음을 삼킨 목소리로 말했다.

"이번 주말에 이모랑 같이 엄마 보러 가자. 이제 그래도 될 때가 됐네."

통화를 끝낸 홍단비는 뜨거운 물에 샤워를 하고, 커피를 내리고, 음악을 틀고, 오랜 모닝 루틴인 스트레칭을 시작했다. 오늘부터 '뱀을 보는 홍단비'로 살아야 한다. 앞으로 만날 세상은 어제까지의 세상과는 많이 다르겠지만, 한 가지는 분명해졌다. 홍단비는 이제 더 이상 자기가 정상이 아니라는 것에 절망하여 혼자 울다가 망가지지는 않을 것이다. 제 삶을 미리 포기하지도 않을 것이다.

혼자가 아니라는 게 믿어지기만 하면, 인간은 놀라울 정도로 강해진다.

있는 그대로의 자신이 환영받는 존재라는 걸 아는 인간은 결코 스스로를 해치지 않는 법이다.

스트레칭을 끝낸 후, 플랭크 자세를 잡고 평소보다 강도 높은 코어 운동을 시작한 홍단비가 씩씩하게 외쳤다.

"뭐가 됐든! 뭐가 보이든! 코어를 지켜야 한다!"

다른 세상을 믿을 능력

"미친 건가? 저게 안 보여? 저 뻔한 게?"

열정도, 화도 많던 30대 시절에 입에 달고 살던 말이다. 분통을 터뜨릴 일들이 많은 시절이었다.

그러던 어느 날, 의미심장한 꿈을 꾸었다.

나는 환자복을 입고 침대에 누워 있고, 의사 가운을 입은 네댓 사람이 나를 에워싸더니 무심하게 통보했다.

"검사 결과, 환자분은…… 미쳤습니다. 아직 증상이 심하지는 않지만, 점점 심해질 거고 이제 돌이킬 수는 없을 것 같습니다."

그들의 표정과 말투에서 어떤 전문가적인 권위를 느꼈기 때문인지, 꿈속의 나는 그들의 진단을 아무 의심도 저항도 없이 받아들였고 '이제 다 틀렸구나' 하는 생각에 맥이 탁 풀렸다.

"이제부터 환자분 눈에는 세상 모든 일이 다 이상하게 느껴질 거고, 그래서 온갖 일에 다 화가 나실 텐데…… 그건 미쳤기 때문입니다. 모든 정상적인 일에 계속 화가 나실 거예요."

그 말을 듣는 순간, 나는 숨이 턱 막혔다. 이제부터 나는 화낼 자격이 없는 사람이 된 거구나. 내 모든 질문도, 분노도 전부 다 무의미해졌구나. 숨 막히게 억울했고 지독하게 외로워서 울다가 깼다. 거의 20년이 지났지만, 여전히 생생한 '미친년이 되는 꿈'이었다.

그 꿈은 한동안 실제로 내 삶에 영향을 끼쳤다. 분통을 터뜨려야 할 때, '혹시 내가 고장 난 건가? 나만 이상한 건가?' 싶어 머뭇거리는 일이 잦아진 것이다. 이런저런 생각이 많아진다는 건 한편으로는 신중한 어른이 되어가는 과정일 테니 그게 꼭 나쁜 것만은 아니겠지만, 사람이 자기 감각에 대한 믿음을 잃으면 제 삶의 주인으로 살기가 어려워진다. 내가 저 꿈을 꾸었던 시기는 온갖 갈등과 분란에 매우 지쳐서 슬그머니 백기를 들고 싶었던 때였다. 그만 화내고 싶고, 그만 별나고 싶어서 '그냥 내가 틀린 걸로 치자' 타협하며 뒷걸음질 치고 싶었던 때였다. 내가 틀린 게 아닐까를 되묻는 신중한 삶의 태도는 인간을 한 걸음 성장시키기도 하지만, 비겁한 겸손으로 갈등을 회피하고 싶을 때도 우리는 종종 같은 질문을 한다.
'내가 틀린 게 아닐까?'

〈뭘 좀 보게 된 홍단비〉는 삶에 지쳐 하마터면 내 눈, 내 감각에 대한 믿음을 잃을 뻔했던 지난날, 그래서 비겁하게 겸손해질 뻔했던 30대의 나를 생각하며 쓴 소설이다. 그 시절의 나에게 말해주고 싶었다. 얼마나 별난 걸 보든, 얼마나 험한 걸 보든 그런 건 큰 문제가 아니라고. 허용될 것 같지 않은 자기 자신을 용감하게 믿고 버티라고. 그렇게 자기 감각에 대한 믿음을 내려놓지만 않으면, 그 용기는 굳게 닫힌 어떤 문을 여는 열쇠가 될 것이고, 먼저 용기 낸 누군가가 그 문 너머에서 너를 기다리고 있다고, 그렇게 희망을 건네고 싶었다.

딱 한 번 사는 인생인데, 미리 혼자 겁먹고 주저앉아 그 모든 가능성을 지워버리는 건 너무 아깝지 않은가.

더블 캐스팅

박현진

더블 캐스팅
박현진

　작업실 청소를 마친 수진이 창 너머로 주차장을 내려다보는데 검은색 벤츠에서 내리는 한 여자가 눈에 들어왔다. 블랙 슬랙스에 블랙 니트를 걸친 호리호리한 실루엣. 손에 든 가방은 에르메스 버킨백인가. 수진이 엄마가 말하길, 육십이 좀 넘었는데 여전히 늘씬해서 그 나이로 안 보이고, 먹고사는 고민 안 하는 사모님 티가 난다는 안젤라가 저 여자인가 짐작해봤다.

　"안젤라가 나를 붙잡고 우리 책을 너무 감명 깊게 읽었다고 그러는데 깜짝 놀랐다니까. 그 여자가 먼저 말을 거는 사람이 아니거든. 네 사인을 해달라는데? 나한테는 해달라고 안 하데? 따지고 보면 내 이야기인데 말이야. 책을 작업실로 주문하라고 말하면 된다고? 뭐 교수 부인이라 선물할 데 많은가 보지."

　수진의 엄마가 우리 책이라고 말하는《송기숙의 낙원 일지》는 드라마 작가인 수진이 엄마 송기숙을 인터뷰해서 쓴 생애 구술사 책으로, 낙원떡집을 운영하는 사장이자 IMF 때 망해버린 가족의 실질적 가장으로 살아온 그녀의 인생이 기록되어 있다. 수진의 친구가 운영하는 독립출판사에서 출간된 지 1년 동안 1쇄를 다 소진하지 못했는데 얼마 전 팬덤이 막강한 배우가 인스타그램에 자신의 엄마도 떡집을 했었다는 사연과 함께 인증 숏을 올린 이후 판매량이 확 늘기 시작했다. 드라마 커리어는 아직 단막극 하나가 전부인 수진은 이 책으로 인터뷰 요청을 꽤 받았다. 안젤라 역시 그 여파로 책을 읽은 후 스무 권의 사인본을 요청해온 것이다.

수진의 엄마는 교수 사모님인 안젤라가 자신에게 책과 관련된 부탁을 했다는 점이 무척 뿌듯한 목소리였다. 다른 사람은 몰라도 안젤라 부탁은 꼭 들어줘야 한다고 했다. 좋은 팔자로 보이지만 힘든 일을 겪기도 해서 신앙심이 깊다는 말도 덧붙였다.

"자세한 사정은 가게에서 전화로 말하기 그렇고 나중에 집에 오면 해줄게."

이미 꽤나 자세하게 이야기한 것 같은데 수진의 엄마는 다음을 예고하며 전화를 끊었다.

작업실 문을 열고 들어온 사람은 수진이 안젤라라고 예상했던 그 여자가 맞았다. 가까이서 얼굴을 보니 분위기 있으면서도 약간 예민해 보이는 미인이었다. 평소에 친구들이 오면 주로 사용하던 머그컵 대신 받침 있는 잔을 꺼내 차를 대접했다. 안젤라가 선물로 사온 구움과자 세트와 구색이 맞아 보였다.

수진은 찻잔을 든 안젤라의 손을 바라보면서 '자기 손으로 돈 안 벌어도 되는 팔자 좋은 여자'라고 했던 엄마의 말을 떠올렸다. 수진은 엄마에게 세상에 그런 여자는 없다고 말하려다 관뒀다. 안젤라가 차를 한 모금 마시더니 입을 열었다.

"생애 구술사라는 걸 작가님 책 때문에 알게 됐어요. 송 사장님이 살아온 이야기 자체도 흥미진진했지만 그걸 작가님이 재미나게 정리하셔서 앉은자리에서 쭉 읽었어요. 쓰신 드라마 단막극도 재밌게 봤어요. 자매들이 다 이혼하는데 그게 해피엔드 같더라구. 뒷이야기도 궁금하고요."

최근 4부까지 쓴 드라마 편성이 엎어지면서 좌절감에 빠져 있는 수진에게 유효한 칭찬이었다.

"책을 읽고 나서는 그게 부러웠어요. 누군가에게 이야기를 하면서 자기 인생을 돌아보고 기록으로 남길 수 있다는 게. 사회생활을 하거나 유명하지 않은 이상 늙은 여자 이야기를 궁금해하는 사람은 별로 없잖아요."

"그렇긴 하죠."

수진은 그렇게 대답하긴 했지만 안젤라가 스스로를 늙은 여자라 칭하는 게 엄살처럼 느껴졌다.

"인터뷰 기사 보니까 육칠십대 여자들 이야기를 연작으로 해볼 생각도 있다고 하셨던데."

"네. 여건 되면 틈틈이 해볼 생각이에요. 드라마는 만들어지지 않으면 대본이 다 사라지는데 구술사는 기록 자체로 가치가 생기니까 그게 좋더라고요."

안젤라는 원하는 답을 들은 듯 수진에게 대뜸 물었다.

"그럼 나도 인터뷰해줄 수 있을까요?"

생애 구술사 프로젝트로 자신을 다뤄달라는 얘기였다. 수십 권의 사인본을 요청한 이유가 이거였구나. 수진은 예상하지 못했던 제안에 우선 생각을 좀 해보겠다고 말했지만 그녀를 배웅하면서 시간을 두고 잘 거절해야겠다 생각했다. 1980년대에 대학에 다녔고 남편은 대학교수인 전업주부의 생애사도 들여다보면 기록할 이야기들이 있겠지만 지금 수진에게는 그다지 궁금한 이야기가 아니었다. 먹고살 만한 중산층의 자서전 대필이 되는 건 내키지 않았다.

수진이 이런 마음을 바꾼 데에는 며칠 후 집에 갔을 때 엄마가 해준 이야기가 한몫했다.

"듣던 대로 엄청 세련된 미인이시던데. 피부는 왜 그렇게 좋아? 내가 쓰는 드라마 주인공 엄마를 직접 보는 거 같더라니까."

"내 말 맞지? 너 잘 만나고 왔다 하더라. 그리 멋들어진 여자가 성당에서 나를 붙잡고 그런 능력 있는 딸 두셔서 좋으시겠다고 하니, 내가 맘이 아파가지고 참."

"뭔 소리야?"

"내가 말 못한 사연이 그거다. 사고로 딸을 먼저 보냈어. 사람이 다 가질 수는 없나 봐."

수진의 엄마는 듣는 사람도 없는데 소리를 줄여 말하더니 한숨을 내쉬었다. 수진은 안젤라가 자신에게 뭔가를 털어놓고 싶어 했던 눈빛의 정체를 알게 된 기분이었다.

"성당에 부부만 오길래 애는 유학 보냈나 했더니 그게 아니더라고. 내가 여기 성당 다니기 전부터 있었던 성도들은 다 알고 있었대. 교수 남편이 방송에도 가끔 나오는 사람이라 방송에서 자식 먼저 보낸 이야기도 하고 그랬나 봐. 근데 알아도 먼저 말은 못 꺼내지. 남편하고 사이좋게 성당 오는 것만 보고 저렇게 다 가진 여자는 뭔가 했는데, 세상에 그런 사람은 없는가 보다 했다."

안젤라의 사정을 알게 된 수진은 고민에 빠졌다. 지금 쓰고 있는 드라마의 주인공이 아이를 잃은 엄마인데 책이나 드라마 같은 레퍼런스와 상상으로는 부족하다는 생각을 하고 있었던 차였다. 망설였던 마음이 갑자기 그녀의 제안을 받아들이는 쪽으로 기울자 조금 찔리기 시작했다. 가슴 아픈 사정을 알아내는 게 인터뷰의 주요 목적은 아니다, 평생 생계를 책임져온 노동계급인 엄마와는 전혀 다른 삶을 살았을 여자의 이야기라는 데 의미가 있다, 이렇게 합리화를 하고 안젤라와의 첫 인터뷰를 준비했다.

안젤라의 이름은 김경자. 1963년생. 2년간 무역회사 경리로 근무. K대 교육학과 84학번 입학. 1986년 결혼. 남편은 대학교수. 본인은 전업주부. 김경자 씨가 수진에게 알려준 간단한 인적 사항이다.

〈여성 생애 구술사 — 84학번 여대생의 결혼 이야기〉

수진이 녹취 앱이 제대로 돌아가고 있나 확인하는 동안 경자는 수진이 보여준 기획안 문서의 첫 페이지를 읽었다.

"그럼 남편과 결혼하게 된 이야기를 주로 하면 될까요?"

"간단하게 요약하자면 그런 건데…… 저기, 경자 님이라고 불러도 될까요?"

"네, 괜찮아요."

"구술사라는 게 그동안 중요하지 않다고 생각하고 지나친 개인의 목소리를 듣고 기록하는 거라고 보시면 되거든요. 80년대는 대학 진학률이 낮았던 시대인데 특히 여자들은 대학 가기가 더 어려웠잖아요. 그래서 당시의 경험은 기록해둘 가치가 있다는 생각이 들어서 그걸 중심으로 인터뷰를 해보면 어떨까 싶어요. 물론 진행하면서 더 흥미로운 이야기가 나오면 맘껏 펼쳐나가서도 돼요. 뭘 정해놓고 쓰는 게 아니니까요."

"안 하겠다고 하면 어쩌나 했는데, 시간 내줘서 고마워요."

"책을 내고 싶으신 거죠?"

"꼭 그런 건 아니고. 다만 판매용이 아니더라도 책의 형태로 제가 손에 쥘 수 있으면 좋겠어요."

"엄마 같은 경우는 동네 소상공인 구술사를 아카이빙하는 프로그램에 지원해서 독립출판을 했는데요, 이번에 경자 님 구술사는 마무리되는 방향을 좀 보고 다양하게 알아볼게요."

"내 이야기를 남이 듣고 뭐라고 쓸지 그게 참 궁금해요."

"이 책은 경자 님이 메인 작가고 저는 보조 작가라고 생각하시면 돼요. 어떤 땐 제가 독자나 시청자가 될 수도 있고요. 저는 보고 들은 걸 가지고 잘 써보겠습니다."

그날을 시작으로 지금까지 한 달 남짓 수진은 경자와 일주일에 한두 번씩 만나 인터뷰를 했다. 만나면 보통 두 시간에서 길게는 네 시간 가까이 이야기를 들을 때도 있었다. 경자가 생생하게 재연해주는 작은 에피소드부터 어렵게 털어놓는 강렬한 사건까지 그 모든 것이 녹음 파일로 남았다. 여러 시간대를 오가며 경자는 40년 전 일을 어제 일처럼 그리기도 했고, 기억에서 지워버린 것들을 끄집어내려 애쓰는 얼굴이 되기도 했다. 그렇게 녹음 파일에는 웃음과 눈물, 조용한 침묵과 회한이 고스란히 쌓여갔고 인터뷰가 진행될수록 수진은 의도대로 반응하는 관객처럼 경자의 목소리와 표정에 깊이 빠져들어갔다.

수진은 경자와 헤어지고 나면 녹음 파일을 다시 듣고 정리해서 글로 써나갔다. 그 시간을 거치면서 수진의 머릿속에서 경자의 인생은 여러 번 본 영화처럼 구체적인 형태로 존재하기 시작했다.

경자는 유년 시절을 이야기할 때 주로 단편적인 기억만 남아 있다는 점에 아쉬워했다.

"요즘처럼 휴대전화로 사진 찍던 시절이 아니었잖아요. 서울로 전학 오면서 옛날 친구들하고 연이 다 끊긴 탓도 있고.”

하지만 큰 걱정 없이 살았다는 기억만은 확실하고 그걸로 충분하다고 했다. 목포의 바다, 할아버지가 갖고 있던 커다란 배, 솜씨 좋은 엄마가 차려주시던 맛있는 밥상, 딸이지만 학업 문제로는 크게 차별받지 않았던 것(하지만 명절 때 남녀 따로 밥상을 받는 것은 피할 수 없었다), 손주들 가운데 가장 공부 잘한다고 용돈과 관심을 받았던 것. 중학교 1학년 때 이미 키가 160센티미터가 넘어서 꺽다리라는 별명으로 불렸던 것, 이름이 가물가물한 친구 몇 명. 토막토막 끊어진 기억을 늘어놓다가도 음식에 관한 이야기를 할 때만은 묘사가 자세해졌다. 할머니가 들통에 뽀얗게 끓여낸 민어탕, 할아버지가 석쇠에 구워주셨던 먹갈치구이, 엄마가 조물조물 무쳐주던 서대회무침, 여름에 가족끼리 모여서 먹던 갯장어샤부샤부……. 경자의 목소리 사이로 수진의 침 넘어가는 소리가 녹음됐을지도 모른다.

유년 시절을 떠올릴 때는 기억의 구멍 때문에 자주 말을 멈추던 경자가 서울로 전학 온 이야기를 할 때부터는 말이 많아졌다.

“서울에 전학 왔더니 나보고 돌아이라는 거예요.”

늦여름이라 아직 더운데도 위아래로 까만 긴팔 정장을 우아하게 입은 경자 입에서 ‘돌아이’라는 말이 나오자 수진은 웃음을 터트렸다.

“경자 님 별명이 돌아이요?”

"요즘은 또라이라고 한다면서요? 우리 땐 돌아이. 맞아. 그 랬다니까. 왜, 못 믿겠어요?"

경자에게 새로운 별명이 생긴 건 여고 2학년 때의 일이다. 그해 봄 경자네 다섯 가족은 목포에서 서울로 도망하다시피 이 사를 하게 됐다. 친구 말만 믿고 수산유통업에 뛰어든 경자 아 버지가 물려받은 재산을 홀랑 날린 탓이었다. 만리동 방 두 칸 짜리 집은 목포 집의 마당보다 좁았고 옹색해진 살림은 나아질 기미가 보이지 않았다. 대학 등록금만큼은 꼭 만들어주겠다는 할아버지의 약속이 경자의 동아줄이었다. 봉제공장에 출근하 는 엄마를 도와 집안 살림에 동생들 도시락까지 챙기면서도 시 험 기간이면 밤을 새워 공부했다. 몸이 버티지 못했는지 마지 막 과목인 역사 시험을 보다가 코피를 쏟고 말았다. 경자는 손 으로 잠시 막아보다 안되겠어서 마침맞게 가늘어진 지우개로 콧구멍을 틀어막고 다시 시험에 집중했다. 종소리가 울리고 답 안지를 걷던 반 친구가 붉게 피로 물든 지우개와 시험지를 보 고 놀라서 소리를 지르는 바람에 주변 친구들의 시선이 경자 의 몰골에 집중됐다. 양호실에 가보라는 선생님의 말에 경자 가 "이미 답을 쓴 부분이 피 때문에 찢어질까 봐 걱정되는데 바 람으로 좀 말려서 내도 되나요?"라고 물었을 때 누군가 이렇게 말하는 소리가 들렸다.

"저거 돌아이네. 악바리인 줄 알았더니 돌아이였어."

그게 바로 경자의 뒷자리에 앉아 있던 돈희였다. 손수건을 건네며 돈희가 물었다.

"너 혈액형 뭐야?"

"AB형."

"난 O형인데. 난 너한테 헌혈해줄 수 있는데 넌 못 해주겠다."

목포에서 전학 온 지 반년이 다 되도록 친구 한 명 사귀지 못했던 경자에게 서울 땅에 친구라고 말할 수 있는 존재가 생겼다.

경자가 서울에서 남의 집에 초대받아 가본 건 돈희네가 처음이었다. 번듯한 양옥집에 들어서면 TV 드라마에 나올 법한 소파가 놓인 거실이 보이고 거실 장식장에는 수석이며 양주병 같은 것들이 진열돼 있었다. 시험 기간에 방에서 같이 공부하고 있으면 돈희네 식모 언니가 처음 보는 미제 과자며 초콜릿을 간식으로 가져다주곤 했다. 그렇게 부족한 게 없는 줄로만 알았던 돈희가 어느 날 자기 몸에 퍼렇게 든 멍 자국을 보여줬을 때, 경자는 그동안 매번 팔자 좋은 계집애라고 했던 말을 도로 무르고 싶어졌다.

"우리 아버지 대단한 게 절대 보이는 데는 안 때린다?"

"엄마는? 엄마도 아셔?"

"엄마 맞는 거 막다가 이렇게 된 거야."

경자는 엄마가 툭하면 하던 말이 떠올랐다. 네 아빠가 그래도 때리진 않잖아. 그 말이 어찌나 듣기 싫었던지 그게 뭐 대수냐고 쏘아댔었는데. 때리지는 않지만 보증 잘못 서서 온 식구 야반도주하게 한 아빠와 남모르게 폭력을 휘두르지만 넉넉한 생활비를 가져다주는 아빠 중 누가 나은 건가. 그 무렵 경자가 알고 있는 선택지는 많지 않았다.

공부를 하다가도 누군가 대학 생활에 대한 이야기를 시작하면 자연스레 나란히 누워 곧 다가올 미래를 그려보는 게 둘의 낙이었다. 주로 돈희가 먼저 시작하는 편이었다.

"난 대학 가면 하지 말라는 거 다 하면서 부모님 실망시키는 게 계획이야."

"참 희한한 계획도 다 있다."

"엄마는 벌써부터 판검사랑 결혼시키겠다고 꿈이 야무지신데, 진하게 연애만 할 거야. 경자 너는? 어떤 남자랑 연애하고 싶어?"

"연애? 장학금 받고 취직하는 것만 생각해봤지. 너처럼 부잣집 딸이 아니라 한가하게 연애만 한다는 건 상상도 안 했다."

"나중에 남자 생겼다고 이 친구 모른 척이나 하지 말아라."

경자는 진하게 연애나 할 거라고 말하는 돈희가 부럽고 신기했다. 그런 돈희랑 같이 있으면 같이 철없어지는 것 같은 기분이 좋았다. 그렇게 둘은 서로의 집을 오가며 많은 시간을 보냈다.

함께 대학 생활을 이야기할 때는 모든 게 가능할 것 같았지만 현실은 그렇지 않다는 걸 깨닫는 데는 오랜 시간이 걸리지 않았다. 둘은 같은 대학 같은 과에 합격했지만 경자는 입학을 포기해야 했다. 목포 할아버지가 목돈을 마련해서 보내주셨건만 아버지가 또 사고를 친 것이다.

"네 팔자에 대학은 아닌 거야. 이참에 정신 차리고 돈 벌어서 좋은 데 시집갈 궁리를 해보자."

엄마의 말을 들으며 경자는 돈희랑 어울리면서 순순히 대학생이 될 거라 생각했던 스스로가 한심했다.

돈희가 신입생이 돼서 대학 캠퍼스를 누빌 때 경자는 무역회사 경리로 출근하는 생활을 시작했다. 봄이 지나도록 돈희에게는 연락이 없었다. 경자는 오히려 다행이라고 생각했다.

수진은 나중에 경자가 대학에 가게 된다는 사실을 알고 있었음에도 이 대목에서 열아홉 경자의 얼굴이 어른거려 마음이 아팠다.

"그렇게 붙어 다녔는데 연락 뚝 끊기면 섭섭해야 되는 거 아니에요?"

"사는 게 너무 달라졌는데 만나면 뭐 해. 나만 초라해 보이잖아. 그렇게 자연스럽게 멀어져서 나는 나대로 잘 살다 언젠가 만나면 좋겠다고 생각했지."

하지만 그렇게 되지 않았다고, 이후의 인생은 돈희와 다시 만나지 않았더라면 어떻게 됐을까를 줄곧 떠올리는 일의 연속이었다고 했다.

경자는 경리 일을 하면서 주말이면 동네 중학생을 상대로 과외도 했다. 버는 돈은 생활비에 보태느라 빠듯했고 퇴근하고 집에 와서 동생들 밥까지 챙기고 나면 책을 펼칠 의지도 점점 사라졌다. 가끔 버스에서 대학생으로 보이는 또래를 마주칠 때면 돈희는 어떤 모습으로 살고 있을까 그려보곤 했다. 돈을 모아 대학에 갈 수 있을지, 간다고 해서 인생이 달라질지 모든 게 막연했다.

엄마가 주변에서 알아봐준 괜찮은 선 자리를 이야기하는 일이 늘어났다. 소식이 끊긴 아버지는 가끔 목포에 가서 할아버지 몰래 할머니만 만나 돈을 받아온다는 소문이 고향에서 들려왔다. 할아버지는 경자에게 서울에서 그렇게 살 거면 목포로 내려오라고, 은행 자리 하나는 알아봐주겠다고 하셨다. 엄마도 은근히 그러길 바라는 눈치였다. 엄마는 공장에서 만난 반장 아저씨와 부쩍 가까워지고 있었다.

다음 해 봄, 경자가 진지하게 목포행을 고민하고 있을 때 돈희가 불쑥 나타났다.

"야, 왜 이렇게 늦게 와."

경자네 집 앞에서 퇴근하는 경자를 기다리던 돈희가 마치 약속에 늦은 사람을 대하듯 말했다.

“살아 있었네?”

경자는 내심 반가웠지만 퉁명스럽게 대꾸했다.

근처 선술집에 자리를 잡고 돈희가 따라주는 소주를 받아 들면서도 경자는 별다른 말을 하지 않았다. 오돌뼈볶음을 씹으면서 돈희가 떠드는 대학 생활 이야기를 잠자코 들을 뿐이었다. 보고 싶었던 만큼 보기가 싫어졌다. 내내 고개를 숙이고 있던 경자가 돈희를 보며 말했다.

“나 목포 갈지도 몰라. 오늘 안 왔음 영영 못 봤을 수도 있겠다. 술은 내가 살게.”

“무슨 소리야. 가긴 어딜 가.”

그 말을 하며 소주를 벌컥 들이키는 돈희의 턱 아래로 퍼런 멍 자국이 보였다. 경자는 한숨 섞인 목소리로 물었다.

“너 이거 누가 그런 거야?”

“아. 누구긴 누구겠니.”

“네 아버지는 때리지만 않으면 참 좋은 분이신데.”

“그게 말이 되는 소리니?”

“대학만 가면 안 그러실 거 같더니. 왜 그러신 거래?”

“엄마, 아버지가 싫어하는 거 다 했거든. 데모, 야학, 외박.”

“데모? 야학? 너 대학 가면 연애만 할 거라며.”

“연애를 제일 열심히 하긴 했지. 외박했다고 맞은 거야.”

“외박?”

“집에 잘 안 들어가면 포기할 줄 알았는데 쉽지 않네. 결혼하기 전까지는 이렇게 살아야 한다는 게 믿을 수 없다."

"얼른 결혼하면 되겠네."

"싫어. 너부터 보내고 난 한참 더 놀다 갈 거다. 근데 너 목포 갈 거야? 올해 시험 안 볼 거야?"

둘은 다시 여고 시절로 돌아간 것처럼 늦게까지 밀린 이야기를 나눴다.

어느 날 돈희가 자신의 학교 앞으로 경자를 불러내더니 소개해줄 사람이 있다고 했다.

"만나는 사람?"

"아니. 걔랑은 헤어졌고, 요즘 자주 어울리는 선배. 군대 다녀와서 다음 학기에 복학할 예정인데 학교에서 죽치고 살거든? 한번은 내가 아빠한테 맞고 새벽에 갈 데 없어서 과방으로 도망쳤는데 거기서 자고 있던 준수 선배랑 딱 마주치게 됐지 뭐야. 그 이후로 가까워졌는데 단둘이 술 먹어도 나한테 아무런 수작도 안 거는 거 있지? 그럼 내가 도전 의식이 생길 수밖에 없지 않겠어? 야학을 열심히 하길래 따라다니면서 점수 따는 중인데 힘들어 죽겠다."

술집에 모습을 드러낸 준수는 돈희가 이상형으로 꼽았던 선 굵은 미남이 아니라 부드러운 인상의 모범생 얼굴이었다.

"얘기 많이 들었어요. 돈희 베스트 프렌드라고. 듣던 대로 미인이시네요."

"이쁘기만 해? 공부도 나보다 잘했다니까."

경자는 두 사람이 자기를 두고 또 무슨 이야기를 했을지도 알 것 같았다. 대화가 오가면서 경자는 준수가 자기를 대견해하는 게 느껴졌다.

"생계를 책임지면서 시험 준비까지 하고 대단하다. 돈희 너랑은 딴판인 친구네."

"제가 뭐가 대단해요. 그냥 돈 버는 게 전부잖아요. 두 사람처럼 어려운 사람들을 그냥 가르치는 것도 아니고."

"우리야말로 부모님 돈으로 대학 다니면서 이 정도도 안 하면 부끄럽지. 부모님한테 안 들키려고 몰래 하는 것도 그렇고."

"그니까 형도 나처럼 더 막 나가보래도. 계속 강하게 나가면 부모님도 점점 포기하게 돼요."

돈희의 말에 준수는 어이없다는 듯 웃었다.

"그래, 돈희 네가 내 딸이라면 나도 포기할 거 같긴 하다."

"꿈도 야무져라. 나 같은 딸 낳으려면 나랑 결혼해야 할걸요?"

아무렇지 않게 결혼을 내뱉는 돈희의 말에 준수는 마시던 맥주를 내뿜었다.

"너는 진짜…… 졌다, 졌어. 선배한테 못 하는 말이 없어."

경자는 목포에 내려가려던 마음을 고쳐먹고 대학 입시에 다시 도전하기로 했다. 아마 돈희를 다시 만나지 않았더라면 대학에 가겠다는 의지도 어느 순간 사라져 있지 않았을까, 경자는 그때도 지금도 그렇게 생각했다.

"이게 무궁화호예요? 아니면 말로만 듣던 비둘기호?"

수진이 경자가 가져온 사진 가운데 MT 가는 기차 안에서 찍은 사진을 보더니 물었다.

"글쎄, 뭐였더라. 춘천까지 가는 데 말도 안 되게 오래 걸린 것만 기억나는데."

"힘들게 다니셨다고 했지만 사진 속에서는 젊고 즐거워 보여요."

MT 한 번 가기 위해 경자가 과외 일정 여러 개를 조정하느라 얼마나 골치 아팠는지 돈희와 준수는 알지 못했다. 경자는 학교를 다니며 과외도 살림도 하던 대로 이어가느라 첫 MT 말고는 사람들과 어울릴 여유가 없었고 돈희와 준수가 캠퍼스 커플이 됐다는 소식도 한참 후에나 듣게 됐다.

경자는 같은 곳에 소속되어 있는데도 혼자만 계속 발버둥치는 것 같았다. 돈희가 준수와 함께 미국으로 유학 갈 계획을 이야기할 때 경자는 다음 학기 장학금을 못 받으면 휴학을 해야 하는 사정을 털어놓지 못했다. 경자는 얼른 두 사람이 미국이든 어디든 떠나길 바랐다. 갈 길이 아주 달라지면 마음이 평온해질 것 같았다. 하지만 그렇게 되지 않았다.

그날 밤 경자가 학교 앞 주점에서 술을 마시지 않았더라면, 돈희가 경자 옆에 있었더라면, 준수가 경자를 발견하지 못했더라면 지금과 달라졌을까.

경자의 아버지는 목포의 바닷가에서 생을 마감했다. 술이 몹시 취한 상태로 잠자듯이 쓰러져 있는 걸 행인이 발견했다고 한다. 그 소식을 듣고 가족들과 목포에 내려가 조용히 장례를 마치고 돌아온 경자는 집에 있고 싶지 않아 밤늦게 무작정 학교로 뛰쳐나온 참이었다. 돈희 집에 전화를 걸었지만 독감에 심하게 걸려 자고 있는 돈희 대신 가정부가 전화를 받았다.

경자는 돈희가 예전에 데려갔던 주점 말고는 갈 곳이 떠오르지 않았다. 그곳에서 소주 한 잔을 따르고 또 한 잔을 가득 채워 맞은편 아무도 없는 자리에 내려놓았다. 눈을 질끈 감고 한 잔 마시고 났더니 눈앞에 준수가 앉아 있었다.

"누구한테 바람맞은 거야? 어떤 놈이야?"

조금 전부터 다른 테이블에서 경자를 내내 지켜보고 있던 준수가 사정을 알겠다는 얼굴로 술을 따라주며 말했다.

"아빠가 죽었어요."

경자가 덤덤하게 말했다. 잠시 멍해 있던 준수가 입을 열었다.

"그게 무슨 소리야? 그럼 지금 장례식장 가봐야 하는 거 아냐? 왜 여기서……."

"바다에 뿌려드리고 왔어요."

경자는 소주를 맹물처럼 넘겼다.

"아버지 좋은 곳에서 편안하게 계시길 기도할게."

"선배, 우리 아버지 알코올 중독으로 객사했대요. 오늘은 나도 한번 죽을 때까지 마셔볼까 봐."

준수가 급하게 빈 잔을 채우려는 경자에게서 술병을 빼앗
았다.

"길에서 죽는 사람 같은 건 선배한테 딴 세상 이야기겠죠?
하…… 그렇게 불쌍하게 쳐다보지 말아요! 근데 우리 아버지
너무 불쌍하지 않아요? 사람이 길에서 죽는다는 게…… 그게
뭐야."

경자가 또 한 잔 입에 털어 넣었다. 이번에는 준수가 잔을
뺏을 틈도 없었다.

"대학 괜히 온 거 같아요. 어차피 달라질 것도 없는데. 허덕
이면서 수업 듣고 등록금 내고. 더는 못할 거 같아. 다들 나 보
고 악바리라고 하는데 누구는 그러고 싶은 줄 아냐고. 연애? 그
런 게 가당키나 해요. 지금 이 꼴을 하고."

"네 꼴이 뭐가 어때서. 네가 얼마나 괜찮은 사람인데."

준수가 경자의 눈을 보며 말했다.

"하나도 안 괜찮아요. 주제 파악 못하고 대학을 오는 게 아
니었어. 돈희도 다시 만나지 말았어야 됐고. 헛꿈을 꾸지도 말
았어야 됐는데."

"그런 말 하지 마."

"나한테 이래라저래라 하지 말아요. 선배가 뭔데?"

"그래, 오늘은 네 맘대로 해라. 다 받아줄게."

경자는 자기 안에 가득한 불안과 저주의 말들을 쏟아냈고
준수는 경자가 얼마나 괜찮은 사람인지 다독여주는 한편 경자

의 폭주를 막기 위해 열심히 잔을 비웠다. 그러다 결국 쓰러진 건 준수였다.

"나를 말린다고 잘 마시지도 못 하는 술을 그렇게 먹다 쓰러져 자는 거예요. 잠들어 있는 그 남자 얼굴을 계속 보게 되더라고? 그런데 갑자기 자고 있는 줄 알았던 선배가 내 손을 잡는 거야."

그 대목에서 수진은 놀라기보다는 올 것이 왔다는 생각을 했다. 경자의 이야기에서 준수의 비중이 늘어나서 세 사람 사이에 무슨 일이 있었을 거라는 짐작을 하고 있었다.

"처음엔 이 사람이 나를 위로해주려고 그러나 했어. 그 손을 놓기는 싫더라고. 따뜻했거든. 그날은 누군가 필요했어."

경자는 준수의 손을 놓지 않았고 그의 집까지 따라갔다. 준수가 입을 맞출 때만 해도 첫 키스가 준수 선배라면 괜찮겠다 생각했다. 하지만 준수의 손이 자연스럽게 경자의 옷 속으로 파고들 때 경자는 취한 상태에서도 돈희 생각을 했고 그러면 안 될 것 같았다.

"선배, 이러면 안 될 거 같은데…… 돈희는요?"

"나랑 너만 생각하면 안 돼? 지금 네가 얼마나 예쁜지 알아? 왜 그렇게 너를 미워해. 너 처음 만났을 때부터 나는……."

그 말들을 다 믿은 건 아니지만 경자는 그날 밤 어딘가로 잠간 사라지고 싶었고 죄책감과 우쭐함이 뒤섞인 흥분 속으로 달 아났다.

다음 날 경자는 짐을 싸서 준수의 집으로 들어갔다. 아버지 가 돌아가신 후 엄마가 새로운 남자랑 살림을 합친 것도 컸다. 경자가 준수의 자취방에 드나들면서 둘의 소문이 퍼지는 건 시 간문제였다.

"너무 옛날이야기라 부끄러운 것도 없이 신나서 이야기한 거 같네. 근데 별로 안 놀라는 얼굴인데?"

수진이 경자의 예상보다 덤덤한 반응을 보였다.

"친구 그것도 절친의 애인이랑 동거까지 시작했다는데 너 무 안 놀라는 거 아냐?"

"쿨하게 이야기하시니까 저도 그렇게 들어야 할 거 같은데 요. 갑자기 막 청춘 드라마 같고."

"거기서 끝났어야 쿨한 거 아닌가? 우린 결국 결혼까지 했 으니까."

"네? 지금 남편분이 그러니까 돈희님의 애인이었다, 그런 말씀이시죠?"

수진은 되묻고 나서 너무 놀란 반응을 보였나 싶어 좀 민망 해졌다.

"결혼까지 하셨을 줄은 몰랐어요."

"지금 자기도 이렇게 놀라는데 그때 우리 과에서는 오죽했겠어. 친구 애인 뺏은 애로 유명해졌지."

"친구 사이는요? 그걸로 파국?"

돈희의 반응은 예상과 조금 달랐다.

"너는 예쁘고 똑똑한 애가 왜 굳이 나랑 사귀던 남자를 만나니? 나 사실 셋이 같이 만날 때 이런 날이 올 거란 생각을 한 번도 안 한 건 아니야. 네가 박준수가 왜 나랑 만나는지 모르겠다는 얼굴로 바라볼 때가 있었거든."

경자는 돈희가 이런 생각을 하고 있었을 줄은 몰랐다. 하지만 오해라고 부정하기는 어려웠다.

"그래도 우리가 남자 때문에 절교할 건 아니지 않니? 잘 만나봐. 너도 대학 생활에 추억은 좀 남겨야지 않겠냐. 너는 그럴 필요가 좀 있어 보이긴 했어."

돈희가 대학 가서 부모님을 실망시키는 게 자기 계획이라고 말했을 때 저게 무슨 소리인가 했던 경자지만, 준수네 집에서 아무것도 안 하고 누워 있으면 자기도 이제 부모를 실망시키는 과업을 이뤘구나 싶었고 그 기분이 썩 괜찮게 느껴졌다. 경자는 시간을 쪼개 돈 벌고 공부하는 자기를 두고 다들 대단하다, 기특하다 칭찬할 때마다 그런 말을 그만 듣는 인생을 살고 싶다고 생각했다. 기특한 사람 같은 건 되고 싶지 않았다.

"장녀의 삶에서 벗어나고 싶으셨나 봐요."

수진의 말에 경자는 바로 그거라고 했다.

"칭찬받는 가난한 집 장녀, 거기서 너무 도망가고 싶었는데 성공했지. 학교에서 절친의 애인을 뺏은, 남자에 환장한 년 소리는 좀 들었지만."

"그때는 더 심했을 거 같아요. 요즘도 아주 다르진 않지만."

"뺏은 건 맞으니까. 그런 말 좀 듣는 거, 괜찮았어. 착실한 고학생으로 존재감 없이 지낼 때보다 그때 내가 더 맘에 들었던 거 같아."

경자는 그 시절로 다시 돌아간 것 같은 얼굴로 말했다.

"여러 가지로 제정신이 아니었던 거 같은데 후회는 없어요."

경자는 준수와 붙어 다니며 데모도 나가보고 야학 활동도 하고 온종일 같이 시간을 보냈다. 처음 해보는 제대로 된 연애라 단단히 빠진 것도 맞지만 지금 생각해보면 도망칠 곳이 필요했던 때에 준수라는 좋은 핑계가 나타나준 게 아닐까 싶다고 했다.

"그 뜨거운 시기가 얼마나 갔던 거예요?"

"한동안 그러다 선배가 졸업을 앞두고 머리가 좀 복잡해 보이더라고. 그래서 혼자 시간 좀 보내라고 했지. 나도 학교 다니려면 다시 열심히 돈 벌러 다녀야 했고. 그때 돈희는 본격적으로 미국 유학 준비한다는 얘기가 들리더라고."

오랜만에 학교에서 만난 돈희는 그사이 어른스러워진 얼굴이었다. 경자에게 시간 좀 내달라고 하더니 앉혀놓고 걱정스러운 얼굴로 잔소리를 쏟아냈다.

"적당히 추억 만들랬더니 아주 제대로 살림을 차리셨다는 소문이 돌더라? 집에서 뭐라고 안 해? 계속 그렇게 지낼 거야? 복학은 언제 할 건데?"

"나도 부모 실망시키기 그거 좀 해보는 중인데 그럼 안 되니?"

"너 이럴래, 진짜? 남자한테 미쳐도 적당히 미쳐. 졸업해서 너도 어떻게 먹고살지 생각해야지. 계속 선배 밥해주고 빨래해주고 같이 자주고 그렇게 살래?"

경자가 아무 말 없자 돈희는 독한 말을 이어갔다.

"아, 이왕 살림 차린 거 쭉 이대로 살다가 결혼하면 되겠다 그거야? 그게 네가 바라던 거야? 똑똑했던 김경자 인생의 결론이 고작 그거냐고?"

경자는 돈희가 자기를 생각해주는 건지 준수 선배와 생각보다 오래가는 걸 못마땅해하는 건지 헷갈렸다.

"내가 밥을 해주건 잠을 자주건 네가 왜 그렇게 화를 내는지 모르겠다. 이제 상관없다며. 넌 미국 가서 멋지게 살 일만 남았잖아. 넌 좋은 남자 만날 기회가 앞으로 계속 있을 텐데 나는 괜찮은 남자랑 좀 잘되면 안 돼?"

"바보야. 너 진짜 모르겠어? 준수 선배가 너 끝까지 책임질 사람 같아? 그 선배 집안이 어떤지 몰라?”

“다 알아. 그 사람에 대해 나만큼 아는 사람은 없어.”

“박준수 지금 그렇게 사는 게 자기 인생 최대의 반항이라는 것도 알겠네. 그렇게 살다가 결혼도 안 하면 너한테 뭐가 남는데?”

“나 촌스럽게 결혼해달라고 매달릴 생각 없어.”

“그래? 그럼 마지막으로 충고 하나 하는데 너 임신이나 조심해.”

돈희는 뭔가 예감을 했던 걸까. 경자는 얼마 후 임신 사실을 알게 됐고 그 순간 돈희 얼굴이 떠올랐다고 했다. 매달릴 생각 같은 건 없다고 단언했지만 경자는 준수가 도망칠까 봐 불안에 떨었다.

“임신인 거 알고 어쩌셨어요?”

“아이를 지우라고 하면 어쩌나 걱정했는데 선배가 집에 바로 얘기하더라고. 시댁에서는 난리가 나긴 했지. 우리 엄마가 임신 사실 알고 시아버지가 교수로 재직 중이었던 학교까지 찾아갔거든. 선배는 결혼 반대하면 자기는 부모 안 보고 살 거라고 해서 어머니 쓰러지시고. 결국 시어머니가 포기하신 거지. 어머니 얼굴 처음 봤을 때가 아직도 안 잊혀. 사람을 내장까지 뚫어질 것처럼 보는 거 어떤 건지 알아?”

많이 기우는 결혼이라는 소리를 들으며 경자와 준수는 결

혼식을 올렸고 그 자리에 돈희가 참석해서 많은 사람들을 놀라
게 했다.

"나한테 미안해할 일 없어. 그 대신 잘 살아라. 행복할 때는
연락하지 말고 힘들 때 연락해. 평생 연락할 일 없길 바랄게."

돈희가 신부 대기실에서 경자에게 한 말이었다.

돈희는 결혼식 내내 웃는 얼굴로 자리를 지켰고 세 사람의
관계를 아는 이들은 구경거리를 놓치지 않고 지켜보며 뒤에서
떠도는 소문들을 주고받았다. 소문 속에서 경자는 부잣집 딸인
여고 동창을 질투하더니 같은 과에 들어와 친구의 남자까지 빼
앗은 독기 가득한 여자가 되어 있었다. 준수에 대해서는 그저
대단한 녀석이다, 우리 과 미녀들을 다 만났으니 무슨 복이냐
부럽다, 이런 말이 오갈 뿐이었다. 경자는 아무래도 상관없었
다. 기특하다거나 대견하다는 칭찬을 들으며 모범생으로 지내
는 것보다 이런 소문의 주인공이 되어 결혼식장에 서 있게 된
기분이 나쁘지 않았다. 경자의 엄마는 집안의 기둥이 되어주리
라 믿었던 딸을 보내는 것이 속이 쓰려 울었고 경자는 드디어
집을 떠날 수 있게 되어 홀가분한 마음이었다. 돈희에게 미안
한 마음이 들 만큼 행복하게 잘 살 거라고 다짐하며 옆에 있는
준수의 팔을 꽉 잡았다.

"결혼 생활은 친구분에게 미안할 만큼 행복하셨어요?"

경자의 삼각관계가 드디어 결혼이라는 대단원에 이르자 수진이 물었다.

"결혼 아직 안 했다 그랬죠? 뭐 비슷하지. 평범하게 살았어. 평범하게 살고 싶었고. 시부모님 모시고 살면서 애 낳고 살림하고 바빴지. 그렇게 살다 보니 이 나이가 된 거고."

"학교는 마치셨어요?"

"남편은 계속 공부하라고 했는데 내가 됐다 그랬어. 취직할 것도 아닌데 대학 나와서 뭐 해. 그래도 남편이 논문 준비할 때 내가 옆에서 조수 역할 하면서 공부 열심히 했지. 남편이 교수 임용됐을 때 시댁에서도 내 공이 크다고들 했어. 남편 교수 만들었고 내 졸업장은 크게 미련 없어. 우리 엄마가 대학 나와봤자 남자 잘 만나는 것만 못하다고 하던 게 그렇게 싫었는데 그 시절에는 영 틀린 얘기는 아니었더라고."

난관을 이겨내고 결혼에 성공한 이후의 이야기는 1980년대 이후부터 현재에 이르기까지 중산층 전업주부의 살림 정보와 다양한 취미 생활 변천사에 가까웠다. 경자는 수진이 편해졌는지 자신이 재테크에 재주가 있어 아파트며 상가로 꽤 재미 본 이야기부터 작년에 연기 수업을 들었던 이야기까지 늘어놓았다. 아무에게도 하지 않았던 이야기라면서.

"연기에 관심이 있으셨구나. 계속해보셔도 좋을 것 같은데."

"배우가 되고 싶은 건 아닌데 그냥 한번 해보고 싶더라고.

뭔가 꺼내놓고 싶을 때 있잖아."

"연기하시는 모습 궁금한데요."

"될까 싶었는데 상황이 주어지고 어느 순간 빠져드니까 되더라고. 내내 생각만 했던 걸 말로 탁 뱉으면 쾌감이 상당해. 독백 연기할 때 돈희가 나한테 했던 말들을 막 기억나는 대로 해봤거든? 그 연기하고 칭찬도 받았다? 잘했다고."

"친구분이 정말 중요한 사람인 건 확실하네요. 우리 구술사에서도 지분이 상당하신데."

"근데 만나지는 않고. 웃기지?"

"그러게요. 저는 이제 만난 것 같기도 해요."

수진은 녹음 파일을 글로 정리하면서 경자가 자신의 캐릭터를 연기하는 모습을 떠올려봤다. 엄마의 구술사가 〈인생극장〉 같은 휴먼 다큐였다면 경자의 구술사는 TV 드라마에 더 가까웠다. 드라마에서도 커플이 연결되면 그 뒤는 심심해지는 것처럼 경자의 결혼 이후 이야기도 확실히 맥이 좀 빠진 건 사실이었다. 주요 인물이었던 경자의 분량이 줄어든 것도 한몫했다. 수진은 궁금했던 딸에 관한 이야기는 섣불리 묻기가 어려웠고 시집살이와 시모 간병 이야기 정도 들으면 인터뷰가 얼추 마무리될 것 같았다.

"시부모님하고는 어떠셨어요?"

"시 자 붙은 건 시금치도 안 먹는다는 말 요즘은 모르겠지? 아무리 좋아도 시부모는 어렵지. 아버님은 돌아가셨고 어머니만 계시다고 했잖아요. 치매가 있으셔서 간병인 두고 있는데 온 가족들이 요양원 보내자고 했지만 내가 집에 모시자고 했어."

"힘드신데 왜 굳이?"

"힘든 건 간병인이 하고 난 식사만 챙겨."

"밥 챙기는 게 제일 힘들지 않아요? 아무리 요리 잘하신다고 해도."

"아줌마가 집에서 밥도 안 하면 뭐 해. 그것도 돈 주고 사람 쓰라는데 내가 하는 게 계산이 맞다고 봐, 여러모로. 웃긴 얘기 해줄까. 어머니가 얼마 전에 민어탕 드시고 싶다는데 너무 더워서 단골 식당에서 사 갔거든? 이 양반이 치매인데도 혀가 기억하는지 식당 이름을 딱 대는 거야. 내가 한 거 먹고 싶다면서. 그래서 어떡해, 다음 날 직접 해드렸지. 귀신이야 아주. 거기 서대회무침도 맛있는데. 가볼래요? 궁금해했잖아."

경자가 운전하는 차를 타고 따라간 곳은 단골이라는 횟집이었다. 경자는 수진에게 묻지도 않고 민어회와 서대회무침을 주문하더니 소주도 한 병 달라고 했다.

"어렸을 때 고향에서 먹던 거라 가끔 생각이 나서. 임신했을 때도 이게 그렇게 먹고 싶었는데 파는 데가 없어서 고생했지 뭐야. 그때 남편이 데려온 데가 여기야."

"아, 그런 추억이 있는 곳. 맛있을 거 같아요."

경자는 소주를 따르더니 수진에게도 마실 건지 물었다.

"저는 술을 못 마셔서 받기만 할게요."

경자는 수진이 따라준 소주를 단숨에 마셨다.

"와, 잘 드시네요."

경자는 수진이 다음 잔을 따를 여유도 주지 않고 바로 스스로 잔을 채워서 또 마셨다.

"우리 딸 보고 싶다. 어릴 때부터 민어 무지 잘 먹었는데."

수진은 경자가 딸 이야기를 꺼내자 아는 척하기도 모르는 척하기도 애매해 그저 듣고만 있었다.

"근데 왜 자식 이야기는 안 물어봤어요?"

"네?"

수진이 당황해서 아무 말을 못 하자 경자가 웃으면서 또 한 잔을 마셨다.

"거짓말을 잘 못하는구나, 수진 씨."

"자세한 건 모르구요. 그냥 그렇다는 이야기만……."

궁금했던 이야기지만 수진은 입이 잘 떨어지지 않았다.

"들었을 것 같았어요. 근데 우리 딸 이야기 편하게 하고 싶기도 해. 물어봤으면 그냥 대답했을 텐데. 사람들이 알아서 피하니까 이야기할 데가 없어. 그거 좀 외롭거든. 집에서도 우리 지혜는 없는 사람처럼 굴고. 나한테는 지금도 옆에 있는데."

경자는 첫딸을 낳은 이후로 둘째를 낳으려고 했지만 번번이 유산을 했다고 한다.

"남편이 둘째 갖는 거 그만두자고 했을 때 더 해보자고 했어야 했나? 그런 생각 안 했던 건 아닌데 남편이 무리하지 말자고 하더라고. 내 몸이 더 중요하다고. 시부모님은 생각이 달랐겠지만."

경자는 어느새 소주 한 병을 다 비우더니 화장실에 간다고 잠시 일어섰다. 취했는지 아닌지 알 수 없는 창백한 얼굴이었다. 혼자 남은 수진이 휴대전화를 꺼내 밀린 메시지에 답장을 하고 있는데 횟집 사장이 문밖에서 급한 손길로 수진을 불렀다. 나가 보니 화장실 가는 계단 아래에 경자가 쓰러져 있었다. 수진이 놀라서 허둥대자 경자는 괜찮다고 안심시켰다.

"어디 부러지신 거면 어떡해요?"

"우선 좀 앉을 수 있게……."

수진은 사장과 함께 경자를 일으켜 세워 계단에 앉혔다. 경자는 취기가 올라왔는지 멍해 보이기도 했다.

"다리는 괜찮으신 거 같구먼."

수진이 경자와 한숨 돌리는 사이 가게로 들어갔던 사장이 다시 나타나 시끄럽게 울리는 경자의 휴대전화를 내밀었다. 발신자 표시에 '간병인'이라고 떠 있었다. 전화를 받으려던 경자가 팔을 움직이다 신음 소리를 냈다. 수진이 대신 받아 경자의 귀에 휴대전화를 대주었다.

"나 자고 있을 때 몰래 뭔 짓을 하려고, 내가 모를 줄 알고? 다 알아, 이년아! 다 알아!"

스피커폰이 아닌데도 새어 나오는 소리가 굉장했다. 그 뒤로 겹쳐지는 간병인의 목소리가 상황을 짐작케 했다. 전화 속 목소리를 듣는 경자의 얼굴에는 큰 동요가 없었다.

"아이고, 내 전화 패턴을 어떻게 푸셨데. 사모님, 또 이러시네요. 우선 끊어보세요."

"저 곧 들어가요."

전화를 끊은 경자가 흘러내린 카디건을 제대로 입으려고 왼팔을 움직이다 악 소리를 냈다.

"가만! 다치신 거 같은데 움직이지 마세요."

수진이 경자에게 카디건을 입혀주다가 경자의 뒷목 아래로 작은 멍을 발견했다.

"아, 그건 지난주에 넘어져서. 내가 잘 넘어지고 부딪혀요. 보기에는 안 그런데 칠칠맞지 못해."

"얼른 병원 가야겠어요. 택시 부를게요."

"괜찮아. 집에 갈게요."

"골절이면 어떡하려고요. 가까운 데 얼른 들렀다 가시죠."

"그럼 내 차로. 면허는 있지?"

수진은 경자의 차를 대신 운전해서 가까운 병원 응급실에 갔다. 예상대로 왼팔 골절이었다. 깁스를 하고 진통제를 받아서 차로 돌아온 경자는 슬슬 술이 깨기 시작했는지 어쩔 줄 몰라 했다.

"너무 민폐다. 다행히 오른팔은 멀쩡하니까 대리운전 불러서 갈게요. 이건 택시비 하고."

경자가 5만 원 지폐를 꺼내 수진에게 건넸다. 수진이 돈을 도로 경자의 지갑에 넣어주고는 말했다.

"오늘은 제가 모셔다드릴게요."

수진이 경자의 차 키를 받아 운전을 했다. 긴장이 풀렸는지 뒷자리의 경자는 어느새 잠이 들었다. 낮게 코까지 고는 경자가 편히 잘 수 있게 수진은 속도를 낮춰 달렸다. 다행히 퇴근 시간이 지난 저녁이라 도로는 한산했다. 잠에서 깬 경자가 정신을 차리더니 꿈을 꿨다고 말했다.

"꿈에 돈희가 나왔어요. 웨딩드레스를 입고 같이 거리를 달리고 있었어. 젊을 때 모습이 아니라 지금 모습이어서 꿈에서도 주책이다 생각했네."

"남자는 없이 두 분이서요?"

"응."

"인터뷰 때문에 이야기 많이 하셔서 꿈에 나왔나 봐요. 친구분 정말 한 번도 안 만나셨어요?"

"돈희 어머니 돌아가셨을 때 장례식장에서, 10년 전인가 한 번 봤어. 최근에 미국에서 살던 남자랑 헤어지고 하던 사업 정리했다는 소식은 들었는데. 아마 지금 한국 들어와 있을 거야."

"만나고 싶지 않으세요?"

"한 번은 꼭 만나고 싶은데. 힘들 때만 연락하라고 한 말 때문에 진짜 힘들 때를 대비해 아껴놓고 있어. 만나게 되면 이야기해줄게요."

경자는 다시 눈을 감았다.

돈희는 미국에 간 다음에도 한국에 잠깐 들어와서 준수와 연락하고 만난 적이 있다. 경자도 그 사실을 모르지 않았다. 학회에서 만났다, 선후배들하고 다 같이 만난 거다 소리가 들려왔고 조금이라도 더 물어보려고 하면 준수는 경자를 의심 많고 집착 심한 사람으로 몰아갔다. 10년 전 돈희는 모친상에 와준 경자에게 준수가 딸이 죽고 나서 미국에 왔을 때 자신을 찾아온 적이 있다고 말했다. 둘이 만난다고 계속 의심하고 있는 걸 알고 있지만 아무 일 없었다고, 이미 멀어진 자기를 둘 사이에 끼워 넣지 말아달라고 부탁했다. 경자는 이런 이야기까지는 수진에게 할 수 없었다. 하고 싶지 않았다. 차는 어느 새 집 앞에 도착했다.

며칠 후 수진은 서점에 가려고 나가는 길에 작업실이 있는 상가 주차장에서 경자와 마주쳤다. 까만 트위드 재킷에 바지까지 한껏 차려입어서 하얀 깁스가 더 눈에 도드라졌다.

"메시지라도 보낼까 하다 팔 때문에 답장 보내기 어려우실 것 같아 안 보냈어요. 괜찮으세요?"

"왼팔이라 생각보다는 괜찮아요. 그날 여러모로 신세를 많이 졌어."

경자는 괜찮다고 하면서 약간 초조한 얼굴이었다.

"무슨 일 있으세요?"

"부부 동반 모임 때문에 대리를 불렀는데 취소돼서. 다시 잡는 중인데 늦을까 봐."

"어디로 가시는데요?"

"창경궁 근처라는데."

"저 광화문 쪽 가는 길인데 제가 바래다드릴게요."

수진이 운전석에 앉아 경자가 알려준 약속 장소를 내비게이션에 입력했다. 창경궁 근처의 파인 다이닝 한식 레스토랑이었다.

"여기 미슐랭 별 받은 데죠? 좋은 데 가시는구나."

"바쁜 사람한테 미안해서 어떡해. 대리비도 안 받겠다고 하고. 내가 다음에 여기서 밥 살게."

"그러려고 꺼낸 말은 아닌데, 알겠습니다. 꼭 사주세요. 주말이라 별로 안 막힐 것 같네요. 내비대로 가도 되겠습니까, 손님?"

수진의 장난스러운 정중함에 경자가 재미있다는 듯 웃었다.

"팔은 어쩌다 다치신 거죠, 손님?"

"소주 먹고 계단에서 넘어졌지 뭐예요."

"손님처럼 우아한 분이 소주를 좋아하신다니 의외네요."

수진은 부부 동반 모임인데 왜 남편과 함께 가지 않는 건지 묻지 않았다. 경자가 원하는 목적지까지 무사히 바래다주면 알 수 있으리라 생각했다.

명동 중앙우체국 앞 8차로를 가로지르는 횡단보도 앞에서 신호에 걸려 차가 멈춰 섰다. 젊은 부부가 끄는 유아차 안에서 6개월이나 될까 한 아이가 맞은편의 사람들을 향해 손을 계속 흔드는 바람에 무표정했던 사람들 얼굴이 일순간 환해지면서 모두 손을 흔드는 풍경이 연출되었다. 그 모습을 보던 수진도 웃으면서 손을 흔들어주었다.

"안녕! 나도 한번 봐줘라. 보셨어요? 저한테도 흔든 거 맞죠?"

수진이 뒷좌석으로 고개를 돌리는데 경자는 혼자 다른 풍경에 붙들려 있는 얼굴이었다. 그 순간 다른 세계로 가 있는 것처럼 보이지만 분명 무언가를 보고 충격에 빠진 얼굴.

"괜찮으세요?"

"아니 그게…… 방금 돈희를 본 거 같아서."

"아, 그 친구분이요? 어디에서 보신 거예요?"

"차 안에 있었는데 가버렸어."

경자는 심호흡을 하더니 조금씩 현실로 돌아온 얼굴이었다. 차가 다시 달리기 시작했다. 수진이 룸미러로 경자를 걱정스레 살폈다.

"잠을 거의 못 자서 그런 걸 거야, 그치?"

경자는 누구의 동의를 구하는지 모르겠는 뉘앙스로 허공을 보며 말하면서 트위드 재킷의 단추를 하나씩 풀기 시작했다.

어느새 차는 창경궁 근처 레스토랑 앞에 도착했다. 수진이 경자의 얼굴을 살피며 말했다.

"발렛 맡겨놓을게요. 이따 집에 가실 때는 어떻게?"

"그건 걱정하지 말고 일 보러 가요."

"네, 먼저 내리세요. 발렛 기다려야 할 거 같아서."

"정말 고마워."

수진은 경자가 레스토랑이 있는 건물 안으로 들어가는 걸 확인하고 발렛을 맡겼다. 근처에 가고 싶었던 빵집 위치를 검색하고 있는데 주차 관리 직원이 수진에게 다가왔다.

"저기요. 폰 두고 내리셨는데요?"

직원이 흔들어 보이는 건 경자의 휴대전화였다. 수진은 내비게이션에 입력했던 레스토랑으로 향했다. 팔을 다친 데다 컨디션이 안 좋아 보였는데 남편은 왜 같이 태워가지 않은 건지, 식당에 가면 남편 얼굴을 볼 수 있을지 그런 생각을 하며 양손에 휴대전화를 쥐고 걷고 있는데 한쪽에서 진동이 울렸다.

경자 휴대전화에 도착한 메시지였다. 액정에 떠 있는 문자 메시지는 장문이라 다 보이지는 않았지만 보낸 사람의 이름은 수진에게도 익숙했다. 경자의 이야기로 친숙해진 돈희였다.

— 삼가 깊은 감사의 말씀 올립니다. 돈희의 가는 길이 외롭지 않게 찾아주시고 마음 써준 분들에게 진심으로 감사드립니

다. 병상에서부터 신경 써준 친구들과……

잘못 본 건가 하고 다시 찬찬히 읽어보았지만 이건 돈희의 장례를 치른 가족이 보낸 메시지가 확실했다. 만난 지 오래되었다고는 하지만 친구의 부고를 모르고 있었던 건가? 장례식에 다녀왔는데 아직 나에게는 이야기를 하지 않은 건가? 그런데 아까 경자가 돈희를 본 것 같다고 말했던 건 뭐란 말인가? 수진은 머릿속이 뒤엉키는 기분이었다. 우선 이 휴대전화를 경자에게 가져다줘야겠다는 생각뿐이었다.

레스토랑에 도착한 수진은 입구의 안내 직원에게 교수 부부 동반 모임 예약을 문의했다.

"제가 아는 분이 휴대전화를 놓고 가셔서요. 전달 좀 해주시겠어요? 김경자 님이라고 하는데요."

"네. 전해드리기만 하면 될까요? 맡기시는 분 성함도 알려주시겠어요?"

그때 식당 안쪽 방에서 소란스럽게 언성이 오가는 게 들려왔다. 소리는 점점 커지고 있었고 서빙을 하던 직원이 홀에 있는 손님들에게 양해를 구하면서 안내 직원에게 도움을 요청하는 손짓을 보냈다. 상황을 파악한 직원이 수진에게 잠깐 기다리라고 하더니 자리를 비웠다. 잠시 후 소리의 근원지인 방의 문이 열렸다.

"당신들이 그러고도 교수야? 앉아 있는 것도 안 돼요? 부부 동반인데 왜 내가 못 앉아?"

누군가 소리를 지르고 있었다. 설마 하는데 경자가 사람들 손에 끌려 나오고 있었다.

"박준수 어디 있어? 어디 숨어 있어? 떳떳한데 왜 숨니?"

경자가 쉬지 않고 남편을 찾으며 소리를 질러대는 바람에 홀에 앉은 손님들이 웅성거렸다. 직원이 거들려고 다가오자 경자가 깁스한 손을 감싸며 무섭게 쳐다봤다. 40대 정도로 보이는 여자 둘이 따라 나왔다.

"죄송해요. 저희가 같이 나갈게요."

여자 둘이 경자의 양팔을 잡아끌었다.

"사모님, 우선 나가서 우리끼리 이야기 좀 해요. 흥분하셔서 해결될 일이 아니에요."

"이러다 더 약점 잡히시면 불리하세요. 안타까워서 하는 말이에요."

"약점? 안타까워? 다 똑같아. 이거 다 놔."

화를 못 이기고 끌려 나오던 경자와 지켜보고 있던 수진의 눈이 마주쳤다. 여자 둘이 경자를 식당 밖으로 데리고 나와 수진에게 떠넘기고 들어갔다. 경자는 분을 가라앉히지 못하고 식당 앞에 서 있었다. 수진이 경자의 등을 조심스레 쓰다듬자 경자는 별일 아니라는 듯 평정을 되찾은 얼굴을 보였다. 수진은 혼란스러운 표정을 감추고 경자에게 휴대전화를 쥐어주며 말했다.

"얼른 알려드려야 할 메시지 같아서 앞뒤 없이 와버렸네요.

돈희라는 친구분이 돌아가셨대요.”

경자는 처음에는 좀 놀란 얼굴이었지만 우선 집으로 데려다달라고 했다. 돌아가는 차 안에서 경자는 한동안 말이 없었다. 수진은 모르는 척 기다렸어야 했나 잠시 후회했다. 그동안 경자가 돈희에 대해 했던 이야기는 어디까지가 사실일까. 모임에 가서 난동을 부린 건 어떻게 된 일인지 물을 새도 없이 그동안 들었던 이야기들을 떠올리느라 수진은 생각이 많아졌다. 먼저 입을 연 건 경자였다.

“이게 사실인지 우선 확인해봐야 할 것 같아요. 요즘 보이스 피싱으로 부고장이 오기도 한다더라고. 돈희랑 연락을 직접한 지가 오래되어서 이 번호가 정말 본인 것인지도 모르겠고.”

“그럴 수도 있을까요. 그래도 사실일 수도 있잖아요. 집에 가서 한번 확인해보세요. 그동안 이야기로만 듣긴 했지만 아는 분처럼 느껴져서……. 말이 길어졌네요.”

“그럴게요.”

그렇게 경자를 바래다주고 헤어진 후 수진은 계속 돈희 소식이 궁금했다. 며칠 후 안부 인사 겸 다음 만남 약속을 잡기 위해 경자에게 연락을 했지만 답이 오지 않았다. 돈희가 죽은 게 분명하고 그 여파로 연락하기 어려운 것도 당연하다고 생각했다.

그렇지만 일주일이 넘도록 경자와 연락이 닿지 않자 수진은 슬슬 걱정이 되기 시작했다. 엄마에게 경자의 정확한 주소를 알아봐달라고 했다. 사정은 이야기하지 않고 인터뷰를 마무리하고 보내야 할 자료가 있다고 둘러댔다.

수진은 경자를 태우고 가봤던 터라 아파트 앞까지는 쉽게 찾아갔다. 주차장을 둘러보니 경자의 벤츠가 보였다. 수진은 집 앞이라고 메시지를 남기고 공동현관 앞을 서성였다. 5분이 지나도 답이 없었다. 같은 동에 사는 사람이 공동현관을 들어갈 때 뒤따라 잽싸게 통과해 경자가 사는 8층에 올라갔다.

경자네 집 벨을 세 번이나 누르고도 아무 기척이 들리지 않자 수진은 적극적인 만남 거부라고 판단했다. 석연치 않은 구멍을 확인하러 온 걸 들킨 기분이었다. 그때 맞은편 현관문이 열렸다. 경자 또래의 부부가 나오더니 수진을 발견하고 할 말이 많은 얼굴로 쳐다봤다.

"이 집 손님이에요?"

여자가 먼저 말을 걸었다.

"아, 네. 연락을 미리 못하고 오긴 했는데, 여기 사모님 지인이에요."

"아가씨는 아무것도 모르고 온 거 같은데?"

남자의 말에 수진은 무슨 일이 벌어졌다는 걸 알 수 있었다. 부부가 동시에 한숨을 쉬며 끔찍하다는 듯 주거니 받거니 말을 이어갔다.

"이 집에서 칼부림 나서 경찰이랑 응급차 오고 난리도 아니었어요."

"네? 칼부림이요?"

수진은 믿기지 않는 얼굴로 되물었다.

"그래서요, 여기 사모님은 괜찮으세요? 지금 어느 병원에 계시는지 아세요?"

수진의 질문에 여자는 한숨을 쉬더니 말했다.

"그분이 남편을 찔렀다고요."

수진은 뭐라 반응하지 못하고 멍하니 여자를 쳐다봤다.

"남편이 안 죽었으니까 그나마 다행이지, 죽었으면 어쩔 뻔했어."

엘리베이터를 타고 내려가는 동안 부부는 로열층이라 시세보다 더 주고 들어왔는데 이웃에서 이런 끔찍한 사건이 일어나서 충격이 크다고 했다. 수진은 그동안 자신이 무엇을 놓친 건지 생각하느라 아무런 대꾸도 할 수 없었다.

작업실에 돌아온 수진은 '약수동 사건'으로 기사를 검색하기 시작했다. 며칠 전에 뜬 기사가 눈에 들어왔다.

서울 약수동 H아파트에서 남편을 흉기로 살해하려다 미수에 그친 아내가 경찰에 체포됐다. A씨는 이날 새벽 0시 40분쯤 서울 중구 약수동 자택에서 남편 B씨를 흉기로 여러 차례 찔러 살해하려 한 혐의를 받는다. B씨는 목과 복부에 상처를 입고 인근 병원으로 옮겨졌으며 생명에는 지장이 없지만 현재 의식불명 상태이다. 아내 A씨의 몸에는 남편에게 맞은

것으로 추정되는 흉터가 발견됐는데 B씨의 가족들은 A씨가 망상과 우울증이 심해져 결혼 생활에 어려움이 있었으며 최근 들어 시어머니를 학대하는 모습이 목격돼 그 문제로 다투다 몸싸움을 했을 뿐 지속적인 폭력은 없었다는 주장이다. 서울 중부경찰서는 피해자와 피의자를 상대로 자세한 사건 경위 등을 조사하고 있다.

수진은 기사 속의 A가 경자라고 생각하면서도 아니길 바랐다. 며칠 후에는 유튜브 쇼츠에 자극적인 섬네일과 함께 관련 영상이 뜨기 시작했다. 경자의 남편이 교육 관련 방송에도 출연했던 교육심리 전문가였다는 게 알려졌고 그를 아는 이들의 댓글이 달리기 시작했다.

— 남자는 역시 여자를 잘 만나야 함

— 이 교수님에게 수업 들었는데 목소리 좋음

— 학교에서 인기 많았음. 여자 조교들하고 소문도 좀 있었는데 불륜각?

수진의 엄마가 다니는 성당에도 경자네 부부의 사건이 알려져 한동안 모두를 충격에 빠뜨렸다.

"이제 무슨 일이냐 진짜. 사람 겉만 봐서 모른다고. 그래도 안젤라가 그럴 사람으로는 안 보이는데. 너는 인터뷰를 몇 시간을 했다면서 뭐 눈치챈 거 없었어?"

엄마는 경자의 남편이 이미 이혼을 준비하고 있었더라며

아마 그 문제 때문에 이 사건이 일어난 건 아니겠냐고 했다. 경자가 상당 부분 기여한 부동산 재산 분할 문제가 불거졌다는 이야기도 들려왔다. 수녀님이 조만간 경자 면회를 가기로 했다는데 도와줄 사람이 없어 보여 걱정이라고 했다.

며칠 후 수진은 모르는 번호로 문자 메시지와 함께 영상 파일을 받았다.

— 수진 씨, 수녀님 통해 메시지 보내요. 인터뷰를 더 하지 못할 것 같아요. 그동안 수진 씨가 보고 느낀 대로 써주세요. 이야기 들어줘서 고마웠어요.

수진은 경자에게 받은 파일을 다운받아 재생시켰다. 파일명이 'notitle03'이라고 되어 있는 영상에는 어두운 실내가 찍혀 있었고 어른거리는 실루엣과 함께 경자의 목소리가 들리기 시작했다. 그녀는 화면 밖 어디인가를 노려보고 있었다.

"너 만나기 싫다고 했잖아. 왜 힘들 때 찾아오는 건데? 박준수랑 결혼해서 이렇게 이 집 종처럼 사는 꼴이 보고 싶은 거야? 너라면 이렇게 안 살았을 텐데 그런 생각하지? 너라면 나처럼 안 살았을 거라는 얘기해주고 싶어서? 박준수가 내 인생 최고의 행운인 줄 알았는데. 지금 생각하면 웃음만 나온다. 내 꿈에 그만 좀 나타나. 근데 너 왜 나를 이렇게 괴롭히니? 나 이제 이혼하는 거 너무 억울해. 못해. 너희 몰래 만나도 상관없으니까 나 좀 내버려둬."

“내가 걱정된다고? 그럼 나 몰래 박준수 만나지 말았어야지.”

아무리 들어도 다른 목소리는 들리지 않았지만 경자는 멈추지 않았다.

“우리 어머니, 나 보고 넌 무슨 복이 있어서 그런 남편 만났냐고 하던데. 네가 보기에도 그렇니?”

“우리 지혜, 어머니가 운전하는 차 탔다가 사고 난 거 알지? 못 들었어? 박준수가 어머니 탓은 아니라고 하더라? 가슴 아프지만 그게 그 애의 운명이래. 그게 부모가 할 소리야? 그날 생각하면 어머니, 박준수, 싹 다 죽여도 모자라. 이미 몇 번을 죽였어. 아니, 그러고도 이 집에서 밥을 먹고 산 나부터 죽이고 싶은데, 못 그러고 살아 있네.”

나지막이 말하면서도 흥분을 가라앉히지 못한 경자가 주먹으로 가슴을 퍽퍽 치기 시작했다.

“벌어진 일은 돌이킬 수 없으니까. 그래도…… 그런데…… 그랬으면 네가 나처럼 살고 있었을까?”

한참 울음을 토해낸 경자가 돌연 순한 얼굴이 됐다.

“돈희야, 나 너무 졸려. 자고 갈래?”

파일명이 ‘notitle05’로 되어 있는 다른 영상에는 침실로 보이는 공간이 찍혀 있었다. 카메라가 침실 안의 욕실을 향해 있었다. 욕실에서 물소리와 잡음이 들려와 목소리가 깨끗하게 들리지는 않았지만 경자가 말하는 게 들렸다.

"당신이야?"

아무 대답이 들리지 않았다. 경자가 화면 안으로 들어와 욕실 앞에 기대어 앉는 게 보였다. 팔에는 깁스를 하고 있었다.

"넘어졌어. 크게 다친 건 아니야."

경자가 혼잣말을 이어갔다.

"부부 동반 모임 한다는 얘기 나한테 왜 안 했어? 누구랑 같이 나가려고?"

"네가 지금 누리는 거 가운데 내 손 안 거친 게 하나라도 있으면 말해봐. 근데 이걸 조건으로, 이혼?"

경자의 혼잣말인가 생각하며 한참을 보고 있던 영상에서 물소리가 줄어들면서 남자의 목소리가 들려왔다.

"너랑 더 이상은……."

경자가 욕실 문을 세게 두드리기 시작했고 남자의 목소리는 잘 들리지 않았다. 영상은 거기까지였다.

수진은 경자가 영상에 남긴 독백인지 망상인지 모를 말들을 들리는 대로 써내려갔다. 그리고 궁금해졌다. 경자가 인터뷰를 하면서 자신의 인생을 돌아봤던 시간이 영향을 미친 걸까. 아니면 경자는 이 순간을 대비하면서 수진을 만나왔던 걸까. 뭐가 됐건 계산이 맞지 않은 청구서를 순순히 받아들일 수는 없었던 경자의 마음을 떠올려봤다. 경자는 수진이 자신의 이야기를 어떻게 써주길 바랄까. 경자라면 아마 불쌍한 여자라

는 말보다 나쁜 여자라는 말을 듣고 싶어 할 거다. 하지만 수진
은 그렇게 마무리하지 못할 것 같다고 생각하면서 노트북 키보
드에 다시 손을 올렸다.

떨어진 시간의 조각들을 모아

처음에는 두 친구의 이야기를 써보고 싶었다. 60대 여자 둘로 시작했는데 그들의 이야기를 듣는 또 다른 인물이 따라 나왔다. 시작할 때 가보려 했던 길에서 자꾸 벗어나 무수한 샛길로 돌아다니면서 시나리오 쓰기와는 또 다른 재미와 어려움을 경험했다. 살아오면서 만난 애틋한 존재들을 생각하며 경자와 돈희를 이 길 저 길 끌고 다녔다. 다음 소설에서 이번에 끝까지 못 가본 길을 가보자 생각하며 멈춘다.

이미 벌어진 일들을 놓고 연결 고리를 찾는 일은 중독적이다. 실제 삶에는 인과로 설명할 수 없는 일들이 숱하게 존재한다는 걸 알면서도 이 짓을 멈출 수 없는 건 아마 이 랜덤의 우주에 운명을 맡겨야 하는 불안 때문 아닐까. 떨어진 시간의 조각을 오래 매만지는 사람을 어여삐 여기는 마음을 갖고 싶다. 이야기에서만이 아니라 현실의 세계에서도.

이 글을 쓰다 보니 초등학교 4학년 무렵 원고지에 짧은 소설을 썼던 게 생각난다. 주인공의 이름은 유리였고 홍콩 누아르에 영향받은 가족 드라마라는 정도만 밝히겠다. 누가 쓰라고 한 것도 아닌데 나의 의지와 나의 손으로 이야기를 썼던 그 시작을 다시 소중하게 기억하고 싶다.

단편소설을 쓰고 가장 기쁜 일은 단편소설 읽기의 재미가 더 커진 것이다. 전에 읽었던 소설도 더 재미있게 읽힌다. 보너스라고 생각한다.

마지막으로 읽어주신 분들, 함께 참여한 분들, 응원해주는 분들 모두에게 감사와 사랑을 보냅니다.

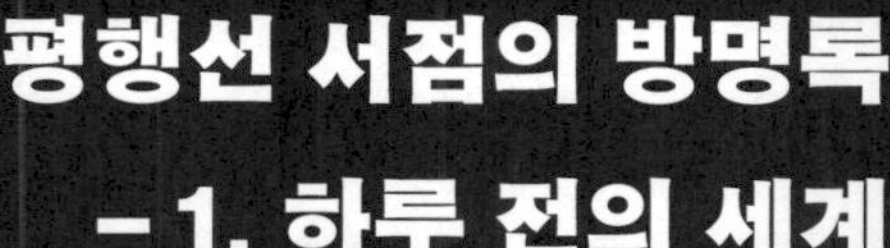

평행선 서점의 방명록
– 1. 하루 전의 세계

박현주

SIDE A:

평행선의 트윈스터즈

2013년 2월 21일, 미국 샌프란시스코에 사는 스물다섯 살의 사만다 푸터먼은 트위터에서 다이렉트 메시지를 받는다. 자기 친구가 페이스북 메시지를 보냈으니 확인해달라는 내용이었다. 사만다가 페이스북에 들어가보자 메시지는 없고 친구 신청이 있을 뿐이었다. 아나이스 보르디에, 프랑스 출신으로 런던에 사는 여성. 하지만 아나이스의 프로필 사진을 본 사만다는 깜짝 놀란다. 자기와 똑같이 생긴 얼굴이었기 때문이었다. 사만다가 친구 요청을 수락하자 아나이스는 메시지를 보내왔다. 두 달 전 친구가 사만다가 만든 유튜브 영상을 보냈고, 자기와 닮은 얼굴을 보고 놀랐다는 것. 그리고 사만다의 영화가 업로드되었을 때 아나이스는 사만다의 프로필을 확인하고 자신과 생일이 동일하며 그녀도 자신처럼 입양되었다는 사실을 알게 된다. 1987년 11월 19일에 한국에서 태어난 쌍둥이는 각각 미국과 프랑스에 입양되고 서로의 존재를 모르다가 이렇게 SNS를 통해서 만난다. 그리고 영화를 만드는 사만다는 이 재회의 과정을 〈트윈스터즈〉라는 다큐멘터리로 찍는다.

서로 존재를 몰랐던 쌍둥이가 SNS에서 우연히 만난다면 기적이라고 할 것이었다.

하지만 지금 수현에게 일어난 일은 그보다 더한 기적이었다.

— 그쪽이 정말 진짜라는 증거를 보여봐요.

수현은 멀쩡한 오른손으로 조심스럽게 DM 전송 버튼을 눌렀다. 그런 후에 프로필 사진 속 얼굴을 한참 보았다.

너무나 익숙한 얼굴이었다. 거울을 보듯 똑같은 얼굴. 심지어 사진 속 여자가 입은 프릴 칼라의 파란색 꽃무늬 실크 블라우스는 수현이 지금 입고 있는 것과 똑같았다. 다만 수현은 이 옷을 입고 사진을 찍은 적이 없었다.

심장이 쿵쿵 뛰는 소리가 집 안 2층 전체에 깔린 정적에 균열을 냈다. 오늘은 이 집의 집사인 윤정도 외출하고, 다른 고용인들도 오지 않는 날이었다. 커튼을 쳐놓은 탓인지 방 안에 깔린 어둠이 한층 무게감을 띠었다. 천장에 달린 펜던트 등에 불이 깜빡 나갔다 다시 들어오는 바람에 수현은 흠칫 놀랐다.

한참 화면을 노려보는데도 상대 쪽에서는 아무 답장이 없었다. 수현은 가만히 휴대전화 화면을 들여다보며 기다렸다. 다음 순간 이 모든 일이 바보같이 느껴졌다. 수현은 휴대전화를 침대 위로 던지려 했지만, 그것은 킹엄 체크무늬의 침대 프레임에 맞고 바닥으로 떨어졌다.

"그럼 그렇지. 말도 안 되는 일이야. 도플갱어라니."

하지만 눈이 휴대전화에서 떠나지 않았다. 수현은 한숨을 쉬고 떨어진 휴대전화를 주우려고 왼손을 뻗다 얼굴을 찡그렸다. 깁스를 했다는 사실을 깜박했다. 이젠 통증은 별로 없지만 가족 주치의인 민 박사는 손목에 살짝 금이 갔으니 깁스를 하고 조심하는 편이 낫다고 했다.

생각해보면 손을 다쳤기 때문에 시작된 일일 수 있었다. 수현이 평행세계의 쌍둥이를 만날 수 있었던 계기.

최근 들어 유난히 크고 작은 사고가 많긴 했다. 한 달 전에는 1교시 강의에 늦어서 뛰어나가는 데 지붕에서 커다란 스패너가 발 앞으로 뚝 떨어지는 바람에 깜짝 놀랐다. 아침부터 지붕 공사를 하던 인부가 연장을 떨어뜨린 것이었다. 열흘 전쯤에는 차를 타고 가는데, 갑자기 큰 트럭이 튀어나왔다. 기사인 진철이 반사적으로 핸들을 꺾는 바람에 차는 전봇대에 부딪쳤지만 수현은 무사했다. 진철은 머리에서 피를 흘리는 가운데에도 수현만 걱정했다.

"수현아, 괜찮니? 수현아, 대답 좀 해봐."

수현은 눈을 감은 채로 아무 말하지 못했다. 눈앞이 흐리고 차가운 기운이 등골을 질주하는 것 같았다. 몸을 훑는 전율 때문에 손발이 내 것 같지 않았다. 10년 전 사고가 감은 눈 속 망막 위에 파편이 되어 떨어졌다.

수현이 열한 살 때, 부모님이 교통사고로 돌아가셨다. 아버지의 오랜 친구이자 아버지가 운영하는 재단의 관리 변호사인

상준 아저씨네 세 식구와 함께 3박 4일로 남해안의 별장에서 시간을 보내고 돌아오던 길이었다. 고속도로에 진입하자마자 그동안 맑았던 하늘에 불길하게 먹구름이 몰려들면서 길과 하늘이 구분되지 않는 비가 쏟아졌다. 가족 휴가라서 그때는 진철 아저씨가 동행하지 않았다. 평소 직접 운전하지 않았던 수현의 아버지는 불안한 기색을 보였지만, 침착하게 빗속을 뚫고 차를 몰았다. 뒷자리에 앉은 수현은 아빠의 불안을 전혀 눈치 못 채고 잠들어 있었다. 엄청난 굉음과 함께 머리와 어깨에 타격이 느껴졌을 때 수현은 눈을 떴다가 금방 도로 감고 말았다. 다시 눈을 떴을 때는 병원이었다. 그리고 부모님은 이미 지하의 영안실에 있었다. 수현은 부모님과 마지막 인사도 나누지 못했다. 차가운 관을 마지막으로 쓸어보았을 뿐이었다. 그 사실이 수현에게는 늘 그림자처럼 따라다녔다.

차가 고장 나기도 했고 진철이 부상당해 입원했기 때문에 사고의 충격이 좀 사라지자 수현은 혼자 등하교를 해야 했다. 월요일 아침에 윤정이 택시를 불러주었지만, 수현은 학교 앞에 이르기 전에 내렸다. 처음으로 혼자 학교 앞을 걸어보고 싶었다.

전철역에서부터 등교하는 학생들 사이에 끼어서 천천히 걸어가노라니, 매일 가던 길이 아닌 듯 새롭게 느껴졌다. 새벽에 비가 내려 좀 흐리긴 했어도, 5월의 공기가 피부를 훑는 느낌이 상쾌했다. 가판대에 늘어놓은 머리핀이나 담수 진주 목걸이를 사기도 하고, 정문 옆 좁은 골목으로 들어가 새로 생긴 레트로퐁의 티룸 앞에 서서 구경했다. 혼자 들어갈 엄두는 내지 못했지만 음악과 동기들이 이 티룸에 대해 연습실에서 얘기할 때 한두 마디 거들 수 있을 것 같았다.

티룸 옆 길모퉁이에는 옛날 외국 영화에 나올 것 같은 가게가 하나 더 있었다. 전체 벽은 하얀 타일로 되어 있고, 하얀 나무로 된 양쪽 문에는 하얀 도자기와 금속으로 된 레트로풍의 둥근 손잡이가 달렸다. 상호가 쓰인 간판은 따로 없고 문 오른쪽 기둥에 수현의 손바닥보다 약간 큰 정사각형 금빛 동판이 하나 붙어 있을 뿐이었다.

수현은 가까이 가서 동판을 살펴보았다. 그 위는 위에 빨간색 음각으로 "∥A′-verse"라고 쓰여 있었다. 어버스? 에이버스일까? 수현은 자기도 모르게 손을 뻗어 손가락으로 그 글자를 훑어보았다. 차가울 거라고 생각했는데, 5월의 아침 햇살 때문인지 온기가 느껴졌다. 손가락 끝에 A 옆의 기호가 걸리자 수현의 마음속에 의문이 솟았다. A자 옆에 있는 프라임 표시는 뭘까? 그 옆의 빗금은 무슨 의미지?

수현은 호기심이 돋아서 흰 커튼이 내려진 작은 창 앞에서 서성거렸다. 면직 커튼 틈새로 보이는 가게 안에는 어둠이 깔렸고, 나무 카운터 끄트머리와 그 아래 작은 책장만이 보였다.

"서점?"

들어가볼까 싶은 마음에 문 손잡이에 손을 댔지만 선뜻 열어볼 용기가 나지 않아 도로 물러났다. 아직 닫혀 있는 것도 같왔다. 언뜻 보니 문틈에 흰 종이가 끼어 있었다. 수현은 종이를 뽑아서 읽어보았다.

— 영업시간은 에이버스 인스타그램을 확인하세요.

"음, 아직 안 열었네?"

"깜짝이야!"

바로 뒤에서 들려온 소리에 수현은 퍼뜩 놀라서 돌아보며 뒷걸음치다가 등 뒤에 섰던 남자와 부딪쳤다. 아까 산 머리핀 봉투가 보도블록 위로 털썩 떨어졌다.

"어엇, 죄송합니다."

남자도 같이 놀라서 뒤로 물러서며 사과했다. 키가 크고 호리호리한 남자는 체크무늬 셔츠를 입어서 그런지 어딘가 모르게 공대생 같은 인상을 풍겼다. 깨끗한 이마 아래 눈썹이 짙었다. 나이는 수현과 비슷하거나 많아봤자 두어 살 정도 위일 것 같았다. 여중과 여고를 나와 여대를 다니는 수현은 기호 말고는 또래 남자와 가까이 얘기를 나눈 적도 없었다.

"아니, 저는 그냥 안을 좀 구경해보려고……. 근데 문을 안 열었네요."

나쁜 짓을 한 것도 아닌데 수현은 왠지 횡설수설 변명하고 있었다. 무언가 남을 염탐하는 현장을 들킨 것 같은 마음이 들어 불안해졌다. 수현은 체크 셔츠의 남자에게 고개를 꾸벅 숙이고 그 자리를 뜨려고 했다. 수업 시작 시간도 가까워지고 아침의 골목은 낯선 사람과 단둘이 있기엔 지나치게 한적했다.

"그럼."

"저기요!"

남자가 뒤에서 불렀지만, 수현은 귀에 유선 이어폰을 끼고 돌아보지도 않은 채로 빠른 걸음으로 걸어 나왔다.

남자가 자기를 부른 건 떨어뜨린 머리끈 봉투 때문이었음을 깨달은 건 그로부터 몇 시간이 흘러 기호와 함께 저녁 식사를 할 때였다.

상준의 아들인 기호는 수현보다 일곱 살 연상인 스물여덟 살이었고, 미국에서 로스쿨을 졸업한 이후에 재단에서 변호사로 근무했다. 수현이 대학을 졸업하면 결혼할 예정이었다. 부모님이 돌아가신 후로 아버지가 유산으로 남긴 회사와 집안일 전체를 동업자였던 상준이 관리하고 수현의 모든 공적인 업무를 대리하고 있었다. 또 상준의 아내이자 기호의 어머니인 수지도 수현의 엄마와 친구 사이였고 기호와도 어릴 때부터 잘 알고 지냈기에 이미 가족과도 같은 관계였다. 그래서 수현은 기호가 청혼했을 때는 오히려 놀랐다. 기호는 늘 터울이 지는 큰오빠처럼 행동했으므로, 수현을 결혼 상대로 생각하리라고는 미처 예상하지 못했기 때문이었다. 하지만 상준과 수지를 가족으로 받아들인다는 것은 자연스러운 일이기도 했기에, 어떤 면에서는 이 결혼이 필연적인 결과 같기도 했다. 수현은 자기가 운이 좋다고 생각했다. 부모를 잃고 고아가 되었지만 생활을 걱정할 필요도 없고 상준 아저씨 가족을 포함해서 자기를 돌봐주는 사람도 많다. 아빠의 병원은 민 박사님이 맡아주고 집안일은 윤정 아줌마가 불편 없이 처리한다. 엄마의 먼 친척이라고 하는 진철 아저씨도 진짜 삼촌처럼 수현을 돌봐준다. 가끔 모두가 자기를 과보호한다고 느낄 때도 있지만, 아직까지 사고의 악몽에 시달리고 정신 건강이 온전한 건 아니기 때문에 어른들의 태도도 이해는 됐다.

윤정이 기호가 좋아하는 돔국을 가지고 왔을 때, 수현은 긴 머리카락을 국에 빠뜨리지 않으려고 머리끈을 찾다가 문득 생각났다.

"아, 머리핀! 놓고 왔네."

기호가 의아하게 쳐다보자 수현은 아침에 일어난 일을 설명했다. 학교 앞 가판을 구경하다가 머리핀을 샀고, 서점 앞에 서 있다가 낯선 남자랑 부딪치는 바람에 놀라서 도망치다 핀을 떨어뜨렸다고. 기호는 얼굴을 찡그렸다.

"싸구려 머리핀 따위야 아무래도 상관없잖아. 핀이 필요하면 윤정 아줌마와 백화점 가서 사. 그런데 모르는 남자와 얘기를 나눴다고?"

"아니, 얘기를 했다기보다……."

"그래도 혼자 돌아다니니까 생긴 일 아니야? 위험할 수도 있었잖아."

"뭘, 그냥 지나가는 사람이랑 부딪친 것뿐이라니까."

"그 사람이 그냥 지나가는 사람인 줄은 어떻게 알아?"

"아침에 처음 만났으니까……."

"서수현." 기호는 목소리를 낮췄다. "너 세상에 얼마나 위험한 사람이 많은지 알아? 널 알고 일부러 접근하는 사람도 있을 수 있어. 그러니까 왜 기사도 없이 다녀."

"무슨 말이야. 세상에 그런 사람이 얼마나 있다고."

"조심하라고. 너 아직 병 다 안 나았어."

기호는 수현의 말을 막으면서 국을 숟가락으로 떴다. 수현도 더는 아무 말하지는 않았지만, 기호에게 허락받을 필요 없이 학교 끝난 후 서점에 직접 가봐야겠다고 생각했다.

하지만 다음 날인 화요일에도 서점에 가진 못했다. 그날은 아침부터 비가 내렸다. 우산을 받쳐 든 수현이 콜택시를 기다리는데, 택시 기사에게서 집 앞 도로에 전기공사 트럭과 이삿짐 트럭, 택배 트럭이 동시에 서 있어서 들어오지 못하니 골목 아래까지 걸어 내려와달라는 전화가 왔다. 수현이 트럭들 사이에 놓인 이삿짐과 택배 상자를 피해서 나올 때 갑작스럽게 배달 오토바이가 돌진했다. 수현은 기겁해서 오토바이를 피하다가 비에 젖은 아스팔트에 미끄러졌다. 크게 다치지 않으려고 왼손으로 땅을 짚는 바람에 다른 부상은 없었지만 왼손 엄지손가락에 깁스를 할 수밖에 없었다. 급히 연락을 받고 달려온 민박사는 수현에게 당분간은 학교도 가지 말고 집에서 쉬라고 권

했다. 비가 갠 후에도 먹구름은 흩어지지 않았고, 수현의 마음 속에 꾸물꾸물 모인 우울감도 그대로였다.

하루가 지난 수요일, 손의 아픔이 무뎌지니 무료함이 찾아 들었다. 수현의 일상은 늘 단조로웠지만, 환자의 일상은 훨씬 더 단순해진다. 다친 게 오른손이 아닌 건 다행이었지만, 그래 도 한 손만으로 할 수 있는 일은 많지 않았다. 바이올린 연습도 할 수 없었다. 한편으로 수현은 손을 다치지 않았더라도 자기 스스로 할 수 있는 일은 많지 않았다는 걸 새삼 떠올렸다. 어차 피 집안일은 윤정 아줌마가 다 도와준다. 이동은 진철 아저씨 가, 그 외 복잡한 일들은 상준 아저씨와 기호 오빠가 처리해준 다. 자신은 그저 학교를 다니고 집에 와서 과제를 하고 매일 악 기 연습을 하는 게 고작인 일상이었다. 사고 이후 몸과 마음이 연약했기에 친구들과 어울리지 못했고 그런 고독한 생활은 대 학교에까지 이어졌다. 심심하다는 감각은 마음에 구멍이 있지 만 그 구멍의 크기를 제대로 잴 수 없을 때 들어서는 감각이었 다. 어떻게 채워야 할지는 말할 것도 없고 얼마나 큰지조차 알 수 없다. 얼마 전 구입한 휴대전화를 오른손에 들고 만지작거 렸지만, 수현은 그걸로 무엇을 해야 할지조차 알지 못했다.

그때 학교 앞 이상한 서점과 잃어버린 머리핀 봉투가 다시 떠올랐다. 이따가 들르려고 했었지. 혹시 전화라도 미리 해볼 까. 인터넷 검색창을 켜고 그 서점 이름을 쳐보았다. A-verse라 고 넣으니, "What is a verse?" 같은 미국 대학 영문과 홈페이지만 나올 뿐, 한국 홈페이지는 찾을 수 없었다. 수현은 다시 'ㅇ ㅇ여대 A-verse'를 검색해보았다. 역시 결과는 없었다. 그러다 문득 생각이 났다.

"문 옆 동판에는 A 옆에 프라임 표시가 있었지."

A´-verse. 검색 포털에서 유의미해 보이는 결과는 딱 하나뿐 이었다. instagram/a´-verse라는 계정이었다. 그러고 보니 서점 의 쪽지에 인스타그램에서 영업시간을 확인하라고 쓰여 있던 것이 기억났다.

수현은 어떤 SNS도 하지 않았다. 같이 계정을 공유할 친구 도 없었고, 온라인으로 새로운 사람을 만나는 데도 관심이 없 었다. 기호도 SNS 같은 건 하지 않는 사람으로 알고 있다. 하지 만 서점의 계정을 보려면 인스타그램에 가입해야 했다. 어차피 지금 더 중요하게 할 일도 없었다. 가입 절차도 생각보다 간단 했다.

수현은 그 검색 결과를 눌러보았다. 앱을 설치하라는 안내 문이 떴다. SNS는 늘 인생의 낭비라고 말했던 기호의 얼굴이 떠올랐지만 어차피 크게 해로울 건 없지 않을까. 한 손으로 힘 들게 가입 절차를 마무리하고 서점 계정으로 들어가보았다.

"평행선 서점?"

서점의 계정 프로필에는 간단한 기호와 함께 '평행선 서점' 이라는 이름이 적혀 있을 뿐이었다. 그러고 보니 '//'는 수학 기 호로 평행을 뜻한다는 사실이 새삼 기억났다.

게시물은 많지 않았다. 학교 앞에 있는 서점의 바깥과 안쪽, 그리고 다른 나라에 있는 것 같은 서점들 몇 곳의 사진뿐. 그리고 그곳의 이름과 날짜가 적혀 있을 뿐이었다. 하이델베르크, 2001년 10월. 타이페이, 1998년 6월 같은 식이었다. 학교 앞 서점의 사진 옆에도 현재 연도가 쓰여 있었지만 전화번호나 메일 주소는 없었다. 그렇다고 수현은 다이렉트 메시지를 보낼 엄두는 내지 못했다. 모르는 타인에게 먼저 말을 걸다니 수현으로서는 생각도 할 수 없는 일이었다. 수현은 학교 앞 서점의 게시물을 자세히 살펴보았다. comet0420이라는 아이디의 어떤 사람이 댓글을 남겼다. 하트, 엄지손가락을 척 올린 이모티콘. 수현은 별 생각 없이 그 계정을 클릭했다.

화면이 바뀌었을 때, 수현 앞에 펼쳐진 건 또 다른 세계였다.

가벼운 운동복을 입고 공원을 뛰는 나.

어두침침한 카페, 친구들과 함께 생일 케이크를 앞에 두고 환히 웃는 나.

어떤 남자를 등지고 바닷가에서 브이를 하고 있는 나.

그러나 그 누구도 내가 아니다.

"이게 뭐야."

수현은 꿈꾸는 듯한 기분으로 그 계정을 살폈다. 분명히 자신의 얼굴이었다.

둥글지만 작은 얼굴. 콧대가 짧아 보이는 코. 손가락으로 살짝 누른 듯한 턱 위의 오목한 자리. 입꼬리가 올라가 고양이처럼 보이는 입매. 어깨까지 내려오는 머리카락. 어디로 보나 수현과 똑같았다.

그렇지만 사진 속의 삶은 자신이기도 하고 아니기도 했다. "오운완!"이라는 무슨 뜻인지 알 수 없는 줄임말 같은 문구가 함께 달린 공원은 집 앞에 있는 것과 비슷하고 몇 번 윤정 아줌마와 함께 아침에 산책한 적도 있지만 저런 운동복을 입은 적은 없다. 바닷가는 남해안의 별장이 있는 곳과 유사했고, 기호 오빠네 식구와 작년에 간 적도 있다. 다만 저렇게 둘만 바닷가에 나간 적은 없다. 카페 사진 속 친구들은 처음 보는 얼굴이었지만, 케이크의 촛불을 부는 사람은 수현 본인이었다. "얘들아, 사랑한다!"라고 쓰여 있었다.

수현은 생일 파티 사진의 날짜를 확인했다. 4월 20일. 수현의 생일은 4월 21일이었다.

맨 앞에 있는 게시물로 돌아가보았다.

사진 속 수현, 아니 수현과 똑같이 생긴 여자는 입술을 내밀고 찡그린 표정으로 오른손을 내밀고 있다. 옆에는 "넘어져서 손 다침 ㅜㅜ"이라는 글이 남겨졌다. 이틀 전 올라온 포스트였다.

먼저 떠오른 감정은 두려움이었다. 누군가 나를 따라하고 있어.

곧이어 따라온 감정은 기이한 호기심이었다. 보통 누군가가 다른 사람을 따라 한다면 완벽하게 똑같이 할 텐데, 이 사진 속 여자는 수현의 얼굴을 하고 있으면서도 수현과 동일하지 않았다.

계정의 이름을 다시 확인해보았다. 본명은 없지만 아이디는 comet0420이었다. 그걸 본 순간 수현은 가슴이 찌릿해졌다.

코멧, 혜성. 수현의 어머니 이름이었다.

생각을 정리해보자.

수현은 깊이 숨을 들이마셨다 내쉬었다.

먼저, 자신의 사진을 누군가 도용했을 가능성. 그런 범죄가 많다고 들었다. 하지만 그건 원본 사진이 있을 때나 가능하다. 여기 올라온 사진은 수현이 찍은 적이 없는 것들이었다.

다음, 자신의 신원을 두고 누가 사진을 조작해서 올렸을 가능성. 그런 범죄를 딥페이크라고 한다고 들었다. 하지만 굳이 왜 누가? 사진을 잘 살펴보았지만 전체적으로 무척 자연스럽게 보이는 것이 조작 같지는 않았다. 설사 그렇대도 뭔가 다른 상업적인 용도로 쓰일 것 같지 않은 일상 사진들이었다.

마지막, 정말로 우연. 어딘가 나와 똑같은 사람이 있을 가능성. 얼마 전 해외 토픽에서 실제 그런 사건이 있었다고 들었다. 어릴 적 헤어진 쌍둥이 자매가 각기 다른 가정에 입양되었다가 SNS로 서로의 존재를 알게 된 사건이 있었다고 '현대 기술 발달과 인간'이라는 교양 수업에서 들은 것이다. 내게 어릴 때 헤어진 자매가 있었을까? 혹시 내가 입양된 걸까? 하지만 수현의 어릴 때 앨범에는 엄마의 임신 시절부터 수현이 태어난 이후의 사진들까지 빼곡히 들어 있었다.

그리고 이상한 것은 이 사진 속의 배경들은 수현의 생활공간과 무척 비슷했다. 게다가 바닷가 사진의 "호기 오빠와 함께!"라는 메시지도 기이했다. 호기, 기호, 이름도 유사하다.

수현은 생각할수록 미궁에 빠지는 기분이었다. 누군가의 장난이라고 생각했지만 그럴 이유를 찾지 못했다. 하지만 상준이나 기호는 늘 수현 같은 입장에 있으면 타인을 조심해야 한다고 말했다.

"너는 순진해서 모르지만, 세상엔 너같이 돈 많고 가족이 없는 사람을 노리는 사람이 많아."

기호는 수현이 새 친구를 만날 때마다 그렇게 말하고는 했다. 수현은 걱정해주는 기호가 고마웠지만 고아인 처지가 새삼 실감되어 서운해지기도 했다. 진철 아저씨도, 윤정 아줌마도 다 수현에게 가족 같다고 말하곤 했다. 하지만 '가족 같은 것'과 실제로 '가족'인 것은 다르다. 역시 나는 세상에 혼자구나, 수현은 실감했다.

기호 오빠의 말처럼 이렇게 나처럼 세상에 혼자인 사람을 노리는 사기꾼일까?

경찰에 신고해야 할까 잠시 생각해보았지만 경찰에게 할 말도 없었다. 뭐라고 말하지? 누가 내 얼굴을 가져가서 인스타그램에 올렸다? 그걸 사건이라고 할 수 있을까.

일단 기호에게 의논해보는 게 나을 것 같았다. 다음 순간, 기호에게 의논하려면 인스타그램에 가입했다는 얘기를 해야 한다는 생각이 떠올랐다. 기호는 수현이 이 얘기를 하면 당장 인스타그램부터 끊으라고 호통칠 것 같았다.

그 말이 맞다. 여기서 끊고 잊어버리는 게 해답일 수 있었다. 그렇지만…….

머리가 핑 도는 순간 천장의 펜던트 등의 불이 나갔다가 들어왔다. 요새 종종 있는 일이다. 윤정 아줌마에게 고쳐달라고 했는데, 최근 집 근처에서 전기 공사를 하는 바람에 전력이 불안정하다는 말만 들었을 뿐이었다.

수현은 망설이면서 다시 문제의 계정을 새로고침했다. 게시물은 많지 않았지만 뭔가 다른 단서가 있을지 몰랐다. 그때 익숙한 장소가 눈에 보였다.

— 어제, 노을 가득한 평행선 서점에서.

사진 속 공간은 주홍빛이 가득한 저녁이었다. 해 질 녘 햇살이 떨어진 나무 카운터 위에는 스프링 달린 책상용 일력과 책이 한 권 놓여 있었다. 달력은 옛날 스포츠 경기용 숫자판처럼 달과 날에 해당하는 숫자를 한 장씩 넘기는 종류였다. 그 앞 의자에 앉은 '수현'은 찻잔을 앞에 두고 카메라를 보며 환히 웃고 있었다. 옆에는 누군가 앉아 있었지만 얼굴은 잘 보이지 않았다. 그 공간이 어딘지 수현은 알 것 같았다.

결국 열쇠는 그 서점에 있다. 거기에 어떤 단서가 있는 건 분명했다.

　서점의 하얀 문은 오늘은 살짝 열려 있었다. 그 위로 반쯤 내린 하얀 장막 위에는 노을이 주홍빛으로 비쳤다. 수현은 약간 망설이다가 그 장막을 걷고 안으로 들어갔다.

　저녁 빛이 깔린 서점은 생각보다 포근한 분위기였다. 오래된 책들은 낮은 조명에서 나오는 빛 속에서 잠들기 직전의 어린아이처럼 나른하게 보였다. 수현은 서점 안으로 발을 내디뎠지만 다음 순간 어떻게 해야 할지 몰랐다.

　그때, 서점의 나무 카운터 뒤에서 뿔테 안경을 쓰고 흰 셔츠를 입은 남자가 책을 한 아름 안고 나오다가 수현을 보고 멈춰섰다. 남자는 얼굴에 기묘한 표정을 띠고 수현의 얼굴을 한참 빤히 바라보다가 시선을 깁스한 왼손에 떨어뜨렸다. 수현은 다친 손으로 여기까지 뛰어온 것이 새삼 의식되어, 손을 뒤에 감추고 머뭇거렸다. 수현이 말을 찾지 못하는 것을 보고 남자가 먼저 인사를 건넸다.

　"어서 오세요."

　"안녕하세요. 저기, 혹시, 여기가 평행선 서점이 맞나요?"

　남자의 목소리는 듣기 좋은 저음이었지만 지금은 종일 입 밖으로 소리를 내지 않았던 사람처럼 목이 막힌 듯한 느낌이 났다.

　"네. 맞습니다. 제가…… 주인이죠."

약간은 이상한 반응이었다. 서점에 오는 손님들에게 다 저렇게 대답하는 건가. 물론 수현은 서점에 책을 사러 온 손님은 아니었지만. 수현은 낯선 사람과 대화를 길게 나눠본 적도 없었고 처음 보는 가게에 가서 주인과 대화를 나눈 적도 없었다. 갑자기 자기가 여기까지 왜 왔는지 알 수 없다는 기분에 휩싸였다. 문 사이로 들어오는 노을이 더 붉어지며 수현의 마음속에도 붉은 불이 커졌다.

수현은 조심스럽게 입을 열었다.

"그게……."

서점 주인은 뭔가 알겠다는 듯이 고개를 끄덕였다.

"혹시 잃어버린 물건 찾으러 온 거 아니에요?"

그는 책상 달력이 놓인 카운터 쪽으로 가더니 그 아래로 손을 넣었다.

"이거?"

다시 들어 올린 그의 손에는 하얀 봉투가 들려 있었다.

수현은 자기가 떨어뜨렸던 머리핀 봉투임을 알아채고 카운터로 냉큼 달려갔다.

"네! 이거 여기 있었네요!"

"누가 문 앞에 걸어두고 갔더라고요."

서점 주인은 이렇게 말하면서 다시 수현의 왼손 깁스에 시선을 두었다.

수현은 머리핀 몇 개에 지나치게 기뻐한 것 같아 부끄러워져서 왼손을 슬쩍 내리고 고개를 숙였다. 언뜻 보긴 했지만 서점 주인은 어디선가 본 적이 있는 얼굴이라는 생각이 들었다. 그렇지만 생각은 나지 않았다.

"혹시 더 물어보실 거라도 있으세요?"

남자가 부드러운 목소리로 물었다.

서점에 올 때까지만 해도 가슴 깊이 차올랐던 용기는 이미 사라지고 없었다. 하지만 남자의 차분한 눈빛에 마음속에서 끓어오른 궁금증이 슬슬 끌려나왔다.

"그럼…… 저 이전에 본 적 있으세요? 제가 여기 왔었나요?"

말해놓고도 이상한 질문이라는 생각에 얼굴이 붉어졌다. 이 사람도 다른 사람들처럼 내가 아직도 병이 있는 거라고 생각하면 어쩌지.

"제가 직접 본 적은 없지만…… 오셨을 순 있다는 생각은 드네요. 그때 만난 사람이 제가 아니었을 뿐."

수현은 고개를 들었다. 주인은 농담하는 것도 아니고 수현에게 수작을 거는 것도 아닌 진지한 얼굴이었다. 서른 중반 정도 되는 나이, 키가 좀 크고 약간 호리호리한 편이지만 약해 보이진 않는다. 오른뺨에 있는 흉터 때문에 그런 느낌을 주는지도 모른다. 흉터는 오래전에 생긴 듯 희미했지만, 깨끗한 눈밭에 찍힌 발자국처럼 뭔가 달라지는 인상을 주었다. 머리카락은 좀 이르게 센 듯 회색 기운이 희끗희끗 어렸다. 쳐다볼수록 어딘가 익숙한 기분이 들었다. 남자는 수현을 보고 있다가, 한 손으로 카운터 앞의 의자를 가리켰다.

"왠지 긴 얘기일 것 같은 느낌인데요. 일단 앉으시죠. 제가 차를 내오겠습니다."

따뜻한 차에서는 그것을 담은 찻잔만큼이나 이국적 향기가 풍겼다. 주인은 자기 이름을 유운성이라고 소개했다. 수현은 여기까지 오게 된 사정을 더듬더듬 이야기했다.

운성은 수현의 이야기를 잠자코 들으며 잔이 비면 찻잔을 끌어다가 차를 더 따라주고 그것을 다시 수현의 오른손 가까이로 밀어주었다. 얘기를 다 들은 후 운성은 자기 휴대전화를 꺼냈다. 그의 휴대전화는 수현의 것보다 훨씬 더 크고 카메라가 여러 개 달린 디자인이었다. 수현은 카메라가 저렇게 여러 개 달린 기종도 있었나 생각했다.

"우리 서점에서 찍었다는 사진이 이거죠. 오늘 올라왔다는."

운성이 자기 쪽으로 돌려준 휴대전화를 보면서 수현은 고개를 끄덕였다.

"네. 두 시간 전에 올라온 거예요. 처음엔 없었으니까."

"이상하다고 생각하지는 않았습니까?"

그 질문은 새삼스러웠다. 이 일의 모든 것이 이상하니까.

"이상하다고 생각했으니까 여기까지 온 건데……."

"그게 아니라," 운성은 포스트에 있는 글을 가리켰다. "'어제, 노을 가득한 평행선 서점에서.'라고 쓰여 있잖아요."

수현은 주변을 돌아보았다. 황혼의 빛은 이제 점차 엷어지고 자줏빛을 띠었다.

"네, 그게 뭐요?"

운성은 시선을 창밖으로 돌렸다.

"여기는 어제 화요일에 종일 비가 내렸습니다. 아침부터 밤까지. 그래서 노을이 없었죠. 노을빛이 짙은 건 오늘 수요일이에요."

그 말대로 어제는 햇빛이랄 게 없었다. 아까 인스타그램을 봤을 때는 미처 깨닫지 못한 사실이었다.

"오늘 일찍 온 손님은 아니었을까요? 아니면 그전에 찍은 사진을 늦게 올렸을 수도 있잖아요."

"오늘은 수현 씨가 오기 직전에 제가 문을 연 겁니다. 아무도 오지 않았어요. 그리고……."

운성은 손가락으로 수현의 앞을 가리켰다. 찻잔 옆에 놓인 책상 달력. 그리고 그 옆에 놓인 책 한 권.

"사진에도 똑같이 있어요. 오늘은 5월 20일. 어제는 5월 19일이고, 사진 속 달력 날짜는 5월 19일로 보이네요. 그리고 이 책도 제가 아까 놓아둔 거예요."

그가 들어 보인 책은 사진 속의 책과 똑같았다. 로버트 F. 영의 《민들레 소녀》라는 책 위로 은은한 빛이 떨어졌다.

"그리고 지금 노을 가득한 저녁에 수현 씨가 여기 왔죠."

수현의 머리가 지끈거렸다.

"무슨 말인지 쉽게 이해가 되지 않아요."

"다른 글들도 마찬가지예요. 수현 씨는 어제 손을 다쳤다고 했죠. 하지만 이 포스트의 주인이 손을 다친 건 그 전날이에요. 바로 하루 전에 일어난 일이죠."

수현의 눈이 운성의 눈과 마주쳤다. 수현은 지금 자기가 있는 곳이 어디인지, 잠깐 생각했다. 아득해졌다.

운성이 어느새 서점의 불을 켠 모양이었다. 이제 바깥은 완전히 어두워졌다. 카운터 뒤쪽 기둥에 걸린 크롬 테를 두른 벽시계가 똑딱거리는 소리가 벽을 타고 흘러내려 마룻바닥을 울리는 듯했다.

두 사람은 포스트를 함께 쭉 훑었다. 포스트는 많지 않았지만 몇몇은 수현에게 일어난 사건이 겹치는 것이 있었다.

"교통사고를 당해서 병원에 간 날이 있네요. 수현 씨도 교통사고를 당했다고 했죠. 그게 언제죠?"

"열흘 전이에요. 5월 10일. 일요일 오전이었는데 약속이 있어서 나가던 길이었거든요."

기호가 자신의 어머니 생일이라고 브런치 초대를 했었다.

인스타그램 속 여자가 사고를 당한 날은 그보다 하루 전, 그러니까 지금으로부터 11일 전인 5월 9일이었다.

따뜻한 차를 마셨지만 수현의 몸은 점점 떨렸다.

"그러니까 무슨 말씀을 하시고 싶은 거예요? 이 사람은 저보다 하루 앞서서 똑같은 일을 겪는다는 거예요?"

"글쎄요, 보이기는 그렇습니다."

이 정체 모를 도플갱어의 세계에서 일어나는 사건은 수현의 세계에서 일어나는 사건과 유사했다. 하지만 이 사람의 세계에서는 늘 하루 전의 날짜에서 그 사건이 일어나고 있었다. 하루 전의 세계.

점점 이 일은 수현의 생각보다 복잡해지고 있었다. 수현이 세상에 대해서 아는 건 별로 없었지만 이건 이 세계의 일이 아닐 수도 있었다.

"어떻게 이게 가능하죠? 혹시 무슨 시간여행 같은 건가요?"

운성은 습관처럼 달력 옆에 놓인 책을 후르르 넘기면서 말했다.

"혹시 평행세계라는 말을 들어봤습니까? 요새 SF 영화 같은 데 많이 나오는."

"SF 영화를 보진 않지만, 알고는 있어요."

수현은 TV나 영화를 보는 취미가 없었다. 오래전 교통사고를 당한 이후 그런 영상을 보면 머리가 빙글빙글 돌아서 민 박사가 멀리하는 편이 좋다고 말했기 때문이었다. 그렇지만 기본 개념 정도는 책을 읽었기 때문에 알고 있었다.

"이게 시간여행이라기보다는 똑같은 사건과 인물이 사는

다른 우주가 있는 건지도 모르죠. 그러다 그 우주가 어쩌다 이 세계와 중첩되어 수현 씨에게 보인 겁니다."

"현실에서 그런 게 있을 리가 없잖아요."

너무 황당한 말이라 헛웃음만 나왔다. 하지만 수현은 다음 순간 운성이 기분 나빠할까 봐 웃음을 싹 지웠다. 기호라면 화를 낼 일이었다.

운성은 개의치 않은 듯했다.

"네, 말도 안 되죠. 그렇다면 누가 수현 씨에게 평행세계인 것처럼 보이려고 꾸민 일이든가."

이 말이 무슨 신호라도 된 것처럼 다시 불안감이 수현의 마음속에 땅거미처럼 천천히 깔렸다.

"왜요? 누가 그런 짓을 하죠?"

"그러게요."

운성은 펼쳐진 책을 덮은 뒤 그걸 들고 카운터 뒤편으로 돌아갔다. 목과 어깨, 다리와 발에 이르기까지 어딘가 모르게 결연한 느낌이 드는 뒷모습이었다.

운성은 책을 바로 뒤에 놓인 서가에 꽂더니 토닥이듯 책을 두드리며 가볍게 한숨을 지었다. 그는 다시 천천히 돌아와서 자리에 앉은 후 수현을 똑바로 마주보았다. 그동안 수현은 아무 말없이 눈으로만 그의 움직임을 쫓았다.

그는 천천히 입을 열었다.

"그 대답을 알 가능성이 있는 사람은 현재로서는 한 명이죠."

"그게 누군데요?"

운성은 다시 휴대전화를 들어 보였다.

"이 포스트를 작성한 사람이요."

그날 밤, 수현이 집에 돌아와 다이렉트 메시지를 보내기까지는 시간이 걸렸다. 운성의 충고대로 수현도 나름대로 계정에 사진을 몇 장 올려 피드를 꾸몄다. 아무 게시물도 없는 계정이 대뜸 메시지를 보낸다면 상대가 신뢰하지 않을 수도 있다는 게 그의 말이었다.

상대방과 겹치지 않는 사진을 올리고, 게시물을 썼다. 그런 다음 본격적으로 상대방에게 보낼 메시지를 고민했다.

— 안녕하세요, 혹시 저를 아시나요…….

너무 뜬금없게 보였다.

— 누구세요? 누구신데 저랑 얼굴이 똑같죠?

시비조로 들릴까 봐 도로 지웠다. 결국 수현은 평범하고 정중하게 보내기로 했다.

— 안녕하세요. 실례지만 어쩌다 우연히 계정을 보게 됐는데요. 물어볼 게 있습니다.

답장이 온 건 그로부터 한 시간 후였다. 그 한 시간이 마치 몇 년 같았다. 그동안 수현은 초조하게 휴대전화를 들여다보고 음악을 듣다가 결국 포기하고 한 손으로 수업 교재를 펴들었다. 휴대전화에 알람이 뜨자 수현은 교재를 내던지고 재빨리

눌러보았다.

― 누구세요? 누구신데, 저랑 얼굴이 똑같죠?

수현은 자기가 보낼까 했던 DM이 그대로 돌아온 데에 놀랐다.

― 저는 서수현이라고 합니다. 평행선 서점의 댓글을 보고 계정을 봤는데 저와 얼굴이 같아서 놀랐어요.

상대방은 즉각 답변을 보냈다.

― 장난치지 마요.

― 진짜예요.

― 제 이름이 서현수라는 건 어떻게 알았죠? 서점에서 알려 주던가요?

수현은 두 사람 사이에 긴 대화가 필요하다는 것을 직감했다.

상대의 이름은 서현수, 수현과 똑같은 대학교 3학년. 악기를 전공한다는 것도 똑같다. 다만 수현이 바이올린인 데 반해, 현수는 첼로를 연주했다.

두 사람은 톱니를 맞추듯 서로의 신상 정보를 맞추었다. 몇 가지 차이는 있었지만 두 사람의 인생행로는 또 한 번 놀랍도록 비슷했다. 현수의 부모님도 그녀가 열네 살 때 돌아가셨다. 비슷하게 교통사고였지만 다만 이때 현수의 아버지가 사고 차를 운전한 건 아니라고 했다.

― 사고 이후로 잘 기억나지 않지만 아버지는 내가 없어져

서 찾으러 갔다가 돌아가신 거라고 들었어요.

주변 사람들의 면면도 비슷했다. 집사와 운전기사와 함께 사는 것. 아버지의 동업자 가족과 친하게 지내고 그의 아들과 결혼 말이 오간다는 것. 재미있는 점은 그들의 이름이 어머니 한 사람을 빼고는 모두 반대로 대칭이라는 것이었다. 수현은 표로 정리해보았다.

관계	서수현의 세계	서현수의 세계
부모님	서영진 / 강혜성	서진영 / 강혜성
부모님의 친구	임상준 / 한수지	임준상 / 한지수
약혼자	임기호	임호기
집사, 기사	강윤정 / 김진철	강정윤 / 김철진
주치의	민경진	민진경

다른 점은 있지만 거의 유사하다. 어렸을 때 헤어진 쌍둥이도 아니다. 두 사람의 삶의 방향이 똑같지는 않지만, 놀랄 정도로 비슷하다. 정체성 도둑이 아니라면.

— 그쪽이 정말 진짜라는 증거를 보여봐요.

수현은 이렇게 보내놓고도 가슴이 두근거렸다. 휴대전화를 침대 밑으로 내던졌다가 다시 집어 들었을 때 현수에게서 답장이 왔다.

— 그럼 영상통화로 해볼래요?

그러나 전화는 할 수 없었다. 공교롭게도, 아니, 어떤 면에서는 당연하게도 두 사람의 전화번호가 똑같았기 때문이었다. 자기 자신에게 전화를 걸 수는 없다. 영상을 찍어 교환해야 하나 같은 고민을 하는 도중에 현수가 아이디어를 냈다.

— 인스타그램에서 동시 라이브 방송은 가능하잖아요?

수현은 라이브 방송이 뭔지도 몰랐다. 인스타그램 자체도 이름만 들어봤지 이번에 처음 경험해보는 시스템이었으니까.

결국 현수가 라이브 방송을 켜기로 했다. 현수의 프로필 사진에 라이브 표시가 뜨면 탭한다. 그러면 여러 명이 라이브 방송으로 대화를 나눌 수 있다고 했다. 두 사람의 세계가 이어진다. 이 시스템이 평행세계의 선을 넘어서 가능할지 모르지만 둘이 인스타그램으로 연결되었다면 이 또한 가능할 것이었다. 기술적인 원리는 모르겠지만 수현은 현수의 설명에 따라서 시키는 대로 했다.

화면이 순간 까맣게 보여서, 수현은 아예 연결이 끊어진 게 아닐까 걱정스러웠다. 하지만 5초 후, 화면이 밝아지며 건너편에 어떤 얼굴이 떠올랐다.

살아 움직이는 익숙한 얼굴. 익숙한 머리카락.

"안녕."

수현은 어색하게 깁스한 손을 흔들며 인사했다.

"안녕."

다음 순간 똑같은 목소리가 수현에게 말을 걸었다. 깁스한 손이 오른손이라는 것만 다를 뿐, 입고 있는 옷을 포함해서 완전히 똑같았다.

"만나서 반가워, 또 다른 세계의 나."

둘 중 누가 한 말인지도 알 수 없었다. 동시에 한 말 같기도 했다.

결국 수현은 인정할 수밖에 없었다. 하루 전의 세계에 또 다른 내가 있다. 사소한 사건들은 꽤 다르고 선택은 어긋날 수 있지만 하루에 일어난 중요한 사건의 커다란 윤곽은 유사했다. 두 사람의 우주는 서로 아주 닮았다. 두 사람은 매일 이야기를 나누었다. 주로 DM으로, 가끔은 라이브로. 현수에게 일어났던 일이 하루 뒤에 수현에게 일어난다는 사실에 새삼 감탄했다. 상대가 정체성 도둑이라면 절대 가능하지 않은 일이었다. 현수는 농담처럼 로또 번호를 알려줄 수도 있다고 말했다. 수현은 거절했다.

"로또가 되지 않아도 나는 이미 충분히 돈이 많아."

화면 건너편의 현수는 눈살을 찌푸렸다.

"그 돈을 다 마음대로 쓸 수 있는 것도 아니잖아."

그러니까 돈이 더 있어봤자야, 수현은 생각했다. 확실히 지금 수현의 생활비를 관리하는 건 후견인으로 지정된 임상준 변호사, 기호의 아버지이다. 물론 부모님이 생전에 작성해두었던 유언장에 따르면 재산에 대한 결정을 내릴 때는 민경진, 김진철, 강윤정 세 사람의 동의가 있어야 한다고 했다. 수현이 대학을 졸업하기 전이나 결혼하기 전에는. 이 점은 현수의 세계에서도 똑같았다. 딱히 불만이 있는 건 아니다. 수현이 하고 싶은 걸 굳이 막는 사람도 없다. 수현은 뭔가 달리 하고 싶은 것도 없었다. 하지만 현수는 수현과 다른 미래를 계획 중이었다.

"하지만 나는 바꿀 거야. 여기 떠나서 독일로 유학을 갈 거거든. 거기 이모가 있대. 최근에 연락이 되어서 독일로 오라고 했어. 거기서 음악 공부를 하라고."

수현 또한 미국에서 사는 이모의 얘기를 들은 적 있었다. 하지만 기호 오빠의 어머니인 수지 아줌마 말로는 수현의 엄마와 이모는 사이가 좋지 않았고, 수현의 부모님이 돌아가셨을 때도 이모는 연락조차 없었다고 했다.

두 사람은 거의 동일한 삶을 살고 있었지만, 현수 쪽이 훨씬 더 연결된 세계 속에 있었다. 친구도 많고, 동아리 활동도 하고 있었다. 수현은 자기도 성격을 바꾸었다면 저런 삶을 살 수 있었을까 생각했다. 아니, 기회가 있었다면.

"정말? 너는 기호…… 아니, 호기 오빠랑 결혼하지 않아?"

"약혼이라니, 너무 시대착오적 아니야? 20세기 지나고도 한참인데. 호기 오빠는 좋은 사람이지만 결혼은 잘 모르겠어."

수현이 늘 마음속으로 모호하게만 떠올렸을 뿐, 한 번도 입 밖에 내보지 않은 말을 현수는 거침없이 했다. 수현은 이제껏 다른 남자친구의 경험이 없고, 다른 기회도 생각해보지 않았다. 그저 기호와 결혼하는 게 당연하다고 여겼다.

"그렇지만 여길 떠나고 싶은 건 그 이유뿐만이 아니야."

현수가 갑자기 목소리를 낮추었다.

"내, 우리 목숨을 노리는 사람이 있는 것 같아."

갑자기 천장의 펜던트 등이 다시 깜빡거렸다. 불안감의 파도가 밀려오더니 두 세계 쪽으로 각각 나누어 흘러갔다. 수현은 등줄기에 차가운 기운이 싹 훑고 지나가는 것을 느꼈다.

"뭐?"

"수현이 넌 이상하다고 생각한 적 없어? 최근 들어 계속 이상한 사고가 생겼다고 했지?"

현수는 깁스했던 오른손을 들어 보였다. 수현도 자신의 손을 내려다보았다.

"한 사람에게 일어나기엔 너무 많은 사고야. 너는 그 사고 때문에 학교도 잘 다니지 못하게 됐잖아."

확실히 현수의 말이 맞았다. 사고가 너무 자주 일어난다. 자칫하면 죽을 수도 있었던 커다란 사고. 아니라면 장애라도 입을 수 있는 사고.

수현은 혼란스러워져 물었다.

"그렇다면 누가 우리 목숨을 노린단 말이야?"

현수는 고개를 흔들었다.

"모르겠어. 하지만 우리 주변의 가까운 사람이겠지. 호기 오빠네 집, 집사 아줌마, 운전기사 아저씨, 주치의까지도."

"믿을 수 없어."

"오늘 내게 일어난 일이 내일 네게도 일어나면 믿게 될 거야."

다음 날 아침, 수현이 계단을 내려가자 윤정은 수건으로 손을 닦으면서 주방에서 나오다가 내심 못마땅한 표정을 했다.

"오늘 장학금 수여식이 있어서 재단에 간다고 기호가 그러던데, 그러고 가게?"

"아저씨가 오라고 하시긴 했는데, 손이 아직 낫지 않아서 불편하거든요."

수현은 얇은 재킷은 걸쳤지만 그 아래에 평소 잘 입지 않는 청바지를 입었다. 신입생 MT 때 입으려고 산 옷이었는데, 그때 갑자기 열이 나서 MT는 가지 못했다. 그 이후 청바지는 계속 옷장 속에 갇혀 있었다.

현수는 가벼운 옷을 입으라고 했다. 중요한 행사가 있어서 굽이 있는 신발에 정장을 입은 현수는 갑자기 거리 공사장에 쌓아놓은 자재가 우르르 무너지는 바람에 하마터면 깔릴 뻔했다. 옆에 서 있던 공사장 인부가 현수를 밀어내지 않았더라면 목숨을 잃었을지도 몰랐다. 그 대신 그 인부가 얼굴에 조금 큰 상처를 입었고, 현수는 그와 함께 병원까지 갔다고 말했다. 어제 현수에게 그런 사고가 일어났다면, 오늘 수현에게도 그런 비슷한 사고가 일어날 수 있었다.

기호는 차에 탄 채로 기다리다가 청바지에 운동화를 신은 수현을 보고는 코끝을 찡그렸다. 그가 마음에 들지 않을 때 하는 습관이었다. 하지만 뭐라고 더 말하진 않았다.

수현은 기호의 옆자리에 앉아 창밖을 내다보았다. 현수가 말한 아파트 건축 공사장 앞을 기호의 포르셰가 무심하게 달려갔다. 위험한 지점은 지났다는 생각에 수현은 안도의 한숨을 내쉬었다.

오늘 수현이 참석해야 할 행사는 아버지 서영진 박사의 유지를 기리는 장학금 수여식이었다. 수현은 성인이 된 이후 매년 재단의 공동대표로서 수여식에 참여해서 아버지처럼 공학을 전공하는 학생들에게 장학금을 전달하는 역할을 해왔다.

포르셰가 S&G재단 빌딩 정문 로비에 이르는 차도에 들어섰을 때, 앞에 택배 트럭이 한 대 서 있었다.

"뭐야, 이런 데에 귀찮게."

기호는 중얼거리며 택배 트럭 뒤에 차를 잠깐 댔다. 그는 수현에게 고갯짓하며 말했다.

"나는 저기 앞에 발렛 박스에 차를 주고 갈 테니까, 너 먼저 올라갈래?"

"아니, 여기 앞에서 기다릴게."

수현이 차에서 내려서 문을 닫자마자 기호는 액셀러레이터를 밟았다. 포르셰는 매끄럽게 트럭을 쓱 돌아 사라졌다.

택배 트럭 뒤의 짐칸 문이 열려 있었다. 뭔가 대량 배달인 모양이었다. 모자를 눌러쓴 택배 기사가 상자를 하나씩 꺼내 줄을 맞춰 짐을 쌓고 있었다. 기사의 아담한 체구에 비하면 너무 크고 무거워 보이는 상자들이었다. 기사가 상자를 들고 수현의 옆을 지나갈 때 수현은 무심코 택배 기사의 모자 아래 드러난 갸날픈 옆얼굴을 보았다. 수현이 고개를 갸웃하며 시선을 아래로 떨어뜨리자 기사의 둘둘 걷은 셔츠 소매 아래 오른팔에 새긴 소용돌이 모양의 타투가 보였다. 그 무늬가 뭔지 해독하려고 수현이 잠깐 그 타투에 시선을 주었을 때 누군가 소리쳤다.

"어, 위험해요!"

수현이 뒤로 돌았을 때 쭉 쌓아놓은 상자 탑이 기울어지는 게 보였다. 수현은 옆으로 재빨리 피하려 했으나 미끄러져 넘어졌다. 그나마 운동화에 청바지 차림이라 넘어졌을 때 충격이 크지 않았다. 아까 그 목소리가 다시 소리를 질렀다.

"어엇!"

바로 맨 위에 놓였던 상자 두 개가 바닥에 웅크린 수현의 옆으로 떨어지며 쿵 소리를 냈다. 수현이 고개를 들었을 때, 머리 위로는 다시 또 다른 상자들을 쌓아놓은 옆줄이 흔들거리고 있었다. 이러다가는 수현의 위로 상자가 떨어질 것만 같았다. 역시 똑같은 사고가 일어나는 건가. 수현은 눈을 감아버렸다. 상자가 우르르 떨어지는 소리가 들렸다. 그 순간 누가 수현의 어깨를 감쌌다.

"괜찮아?"

눈을 떠보니 기호가 자기 몸으로 수현을 덮고 있었다. 다행히 상자는 그 옆으로 떨어진 모양이었다. 기호도 부상은 입지 않은 것 같았다.

안도의 한숨을 내쉬면서도 수현은 새로운 질문을 떠올릴 수밖에 없었다. 피하려고 해도 일어날 일은 일어나고 만다. 하지만 일어날 일이라는 걸 어떻게 알지?

민 박사는 수현이 자꾸 넘어지는 건 교감신경 이상일지도 모른다며 이런저런 정밀 검사를 받아야 한다고 주장했다. 수현은 자기 잘못이 아니라고 말했지만 일주일이나 병원에 있었다. 손의 깁스는 여전히 풀지 못했다. 그간 휴대전화에는 접근할 수도 없었다.

며칠 후 집에 도착해서야 현수와 인스타그램 라이브 방송으로 연락할 수 있었다. 오랜만에 보는 현수는 어딘가 모르게 좀 달라진 기분이 들었다. 여전히 수현과 같은 얼굴이었지만, 병원에 오래 있어서 초췌한 수현과는 달리 생기가 돌았다. 수현이 다시 연락해서 안심한 얼굴일 수도 있었다.

"어쨌든 무사해서 다행이다. 네 세계의 기호 오빠는 적어도 너를 지켜주기는 했구나."

"오빠 덕에 살았어. 오빠가 자기 맘대로 하는 것 같아도 날 걱정하는 마음은 진짜야."

"그럼…… 그날 바로 집에 온 거야? 다른 데는 안 가고?"

"응. 그날 장학금 수여식도 있었고, 그 외 재단 관련해서 서류 검토하며 의논할 것도 있다고 했는데 그냥 나중에 집에서 하기로 하고."

"경찰은 왔었어?"

"아니, 실제로는 아무 사고도 일어나지 않았으니까……. 그 옆을 지나가던 남자 한 명이 상자를 막다가 다치긴 했다는데, 기호 오빠가 택배 회사 쪽에 책임을 묻고 그 사람에게는 배상해주겠다고 했어."

"남자? 누군데?"

수현은 고개를 저었다.

"모르겠어. 장학금 수여식에 오던 학생이라고 하더라고. 그래서 그날 수여식은 취소됐어."

현수는 잠깐 아무 말 없다가 입을 열었다.

"이런 사고가 왜 자꾸 일어나는 걸까?"

현수의 질문에 다시 수현이 사는 세계의 공기가 굳어졌다. 확실히 우연일 수는 없다.

수현와 현수는 서로 말을 주고받지 않아도 대답을 알았다. 이미 이전에 이야기를 나누었다. 수현이 잘못되거나 하면 권리를 대행하고 재단을 넘겨받을 기호 오빠네 식구들, 병원을 맡게 될 민 박사, 그리고 집과 관련된 재산을 물려받을 윤정 아줌마와 진철 아저씨도 있다. 모두 돈과 관련된 문제이다. 하지만 수현은 이들이 돈 때문에 자신을 해칠 사람이라고는 믿고 싶지 않았다. 설사 그들이 돈을 노린다면 기꺼이 줄 마음도 있었다. 수현은 그 누구도 의심하고 싶지 않았다. 그건 이제까지 살아온 그녀의 세계가 무너지는 일이었다.

"이유는 모르겠어. 하지만 내 주변 사람들이 나한테 나쁘게 하는 사람들이라고는 생각하고 싶지 않아."

현수는 한참 후에야 입을 열었다.

"맞아, 섣불리 의심할 수 없지. 나한테는 위협이라도 너한테는 아닐 수 있고. 하지만 조심해서 나쁠 건 없어."

"조심할게."

"난 전기충격기를 하나 샀어. 호신용 호루라기도. 위험할 때 쓰려고."

"나도 그렇게 할게."

라이브 방송을 마치고 잠시 후, 현수에게 DM이 왔다. 왠지 팅 하는 알림음조차도 은밀하게 들렸다.

— 나 사실…….

뭔가 대단한 비밀일까? 현수의 다음 메시지까지는 한참 간격이 있었다. 수현은 조마조마한 마음으로 기다렸다.

— 호기 오빠한테 파혼해달라고 할 거야.

— 뭐? 왜?

— 좋아하는 사람이 생겼어. 달리.

— 뭐? 누군데?

— 전에 내가 다칠 뻔했을 때 구해줬다는 사람 있지.

─ 공사장에서 일한다던?

─ 그런데 그 사람 우리 옆 학교 학생이었어. 전에도 만난 적 있었고.

현수가 새로운 사람과 사랑에 빠졌다니, 수현에게는 놀라운 일이었다. 여기에서 수현의 삶은 그런 사고에도 아무것도 달라지지 않고 그저 이어지기만 할 뿐이었다.

─ 그렇구나……. 나는 똑같이 사고를 당했지만 사랑할 만한 사람을 만나지 않았어.

현수의 답장은 당연해 보였지만 수현에게는 의미심장하게 여겨졌다.

─ 너의 우주에서는 너만의 다른 일이, 다른 사람이 생길 거야. 아주 중요한 사건이.

수현은 그날 밤 침대에 누워 한참 생각했다. 수현과 현수. 두 사람은 평행우주 속에서 같은 사건을 겪으며 살아가지만 결국은 다른 행로로 움직여가고 있었다. 현수에게는 현재의 약혼자가 아니더라도 다른 의지할 사람이 생겼다. 수현에게는 아직 그런 사람이 없었다. 수현 옆에는 여전히 기호가 있고 그와 함께하는 수현의 인생은 안정적이었다. 그렇지만 이제까지는 같은 궤도를 달려왔던 현수와 삶이 달라진다. 거기에는 이전에 미처 몰랐던 불안감이 있었다. 거기 더해 현수가 한 말도 신경 쓰였다. 누군가 우리 목숨을 노리고 있다는 말. 그러나 현수는 그 위협에서 떠나간다. 수현을 그대로 놔둔 채로. 불안과 불면이 어깨를 나란히 하고 수현의 옆에 맴돌았다.

오늘도 평행선 서점의 문은 조금 열려 있었다. 초여름으로 향하는 오후의 바람에 하얀 장막이 날렸다. 그 사이로 들어가려다 수현은 문득 문 옆 오른쪽 기둥의 동판을 보았다. "∥A´-verse"라는 글자가 파란색으로 보였다. 처음 서점의 문이 닫혔을 때 왔던 날은 빨간색 아니었나? 두 번째 서점 안으로 들어갔던 날에는 동판을 보았던 기억이 없었다.

수현이 장막을 걷으며 서점 안으로 들어갔을 때 사람의 모습은 찾을 수 없었다.

"계세요?"

안에서는 아무런 기척이 없었다. 수현은 서점 안을 둘러보았다. 이전에 들어왔을 때와는 어딘가 모르게 분위기가 달라진 듯도 했다. 저번에는 황혼이 깔린 따뜻하고 신비로운 분위기였다면, 지금은 오후인데도 조금 더 어둡고 비밀스러운 느낌이 감돌았다.

수현은 운성이 앉았던 카운터 쪽으로 다가가보았다. 카운터 위에 책이 한 권 놓여 있었다. 수현은 눈으로 그 제목을 읽었다. 이전에 운성이 보여준 《민들레 소녀》였다. 책이 펼쳐져 있는 것으로 보아서는 얼마 전까지만 해도 사람이 여기 있었던 것 같았다. 수현은 목을 빼고 카운터 안쪽을 들여다보았다. 뒤편에는 문이 달리지 않은 출입구가 있었다. 저번에 운성이 책을 안고 나오던 곳이었다. 그렇다면 그 뒤에는 창고일까? 출입구에서 이어지는 통로 뒤쪽 어둠 속에는 문이 있는 것 같기도 하고……. 이 안에 집이 있나?

"언제 왔어요?"

뒤에서 들리는 말소리에 수현은 화들짝 놀라 돌아보았다. 운성이 어디선가 막 뛰어온 듯 약간 숨을 헐떡이며 무릎을 짚고 서 있었다.

다시 본 운성은 이전과 사뭇 다른 느낌이었다. 처음 봤을 때는 뿔테 안경과 서점이라는 배경 때문인지 좀 더 학구적인 느낌이 들었다면, 지금은 안경을 쓰지 않았고 카키색 티셔츠에 테크웨어 같은 바지를 입어서인지 인상이 사뭇 달라 보였다. 머리카락이 흐트러졌고 얼굴이 상기되어 있기 때문인지, 아니면 티셔츠를 입으니 생각보다 좀 더 체격이 커 보였기 때문인지도 모르겠다.

"어디 다녀오셨어요?"

"네, 잠깐, 저기 저쪽에."

운성은 서둘러 카운터로 돌아 들어가서 펼쳐져 있던 책을 덮고는 다시 고개를 들었다.

"오늘은 무슨 일로 오셨나요, 뭐 잊어버린 거라도?"

서점 주인이면서 이곳에 책을 사러 온다는 당연한 생각을 하지 않는 사람 같은 질문이었다.

"아, 혹시 평행세계에 대한 책이 있나 싶어서요."

수현은 서가를 애매하게 가리켰다.

"여기라면 좋은 책을 추천받을 수 있을 것 같아서."

운성의 눈이 서가가 아니라 수현을 향했다.

"진짜 알고 싶은 게 뭔가요?"

수현이 다시 뭔가 질문하려고 할 때, 장막이 날리며 누군가 서점으로 들어왔다.

"어이, 유 사장, 뭘 그렇게 서둘러서 혼자 가버리고 그래, 아직……."

들어온 사람은 수현을 보자 자리에서 우뚝 서버렸다. 성운과 비슷하게 카키색 셔츠 소매를 둘둘 말아 올리고 카고 바지를 입은…… 여자인가? 외모만 봐서는 분간하기 어려웠지만 목소리와 아담한 체구가 그런 것 같았다. 머리가 백발이긴 했지만, 얼굴만 봐서는 그렇게 나이 들어 보이진 않았다. 한 40대 정도? 수현이 빤히 쳐다보는 걸 눈치챈 여자는 손에 든 카키색 모자를 다시 머리에 뒤집어쓰더니 셔츠 소매를 내렸다.

"어, 손님이 있었네. 나는 뒤쪽 사무실에 가 있을게."

"아니, 일이 있으시면 제가 다른 날 올게요."

수현이 돌아서서 나가려 하자, 운성이 수현의 팔을 잡았다. 수현이 놀라 돌아보자 운성이 오히려 더 크게 당황해서 손을 놓았다.

"죄송합니다. 그냥 계세요."

운성은 눈으로 여자에게 신호를 보냈다. 여자는 두 손을 바지 주머니에 넣고는 카운터로 향하다가 수현 옆을 지날 때 고개를 까닥했다. 수현도 당황해서 같이 고개를 숙였다. 수현이 고개를 들었을 때 여자는 어디로 갔는지 벌써 사라지고 없었다.

서점의 벽 전등에 불이 들어오자, 실내 분위기는 다시 온화해진 것 같았다. 운성은 수현을 창가 옆 탁자로 안내했다. 수현은 창 아래 붙은 긴 의자에 앉으면서 카운터 너머를 다시 보았지만, 이제는 그 뒤 어둠 속은 더 보이지 않았다. 수현은 왠지 운성이 자기를 일부러 카운터에서 먼 쪽으로 끌고 온 게 아닌가 싶었지만 더는 묻지 않았다. 지금은 알고 싶은 게 따로 있었다.

"평행세계의 유사성에 대해서 궁금하다고 했죠?"

운성은 찻잔을 들고 와 수현의 앞에 놓았다. 차를 한 모금 마시자 여름에 어울리는 쾌청한 느낌이 입 안에 감돌았다.

"네, 정확히는 저와 비슷한 사건이 일어나는 세계에서 완전히 새로운 일이 일어난다면 제 세계도 영향을 받을까 싶어서."

현수가 떠난다는 말을 듣고 나서 계속 수현의 머릿속에 맴돌던 생각이었다. 이제까지 두 사람의 삶의 궤적은 유사했다. 하지만 이제 완전히 달라진다면? 아니, 다시 비슷해질까? 수현도 새로운 사람을 만나서 사랑에 빠질까? 아니면 기호 오빠와 함께 머무르게 될까? 수현의 마음속은 여러 가능성으로 어지러웠다.

다시 뿔테 안경을 쓴 운성은 머리를 쓸어 넘기면서 탁자 건

너편 자리에 앉았다.

"평행세계나 다중우주에 대해서는 여러 이론이 나와 있습니다만 확실히 말할 수 있는 건 실제로 확인이 불가하다는 것뿐이죠."

나는 이미 봤는걸요, 라고 수현은 즉시 반박하려고 했지만 생각해보니 확인한 것은 아니었다. 그저 현수의 말을 들었을 뿐이니까.

"하지만 평행세계에 대해서 말씀하신 건 사장님이잖아요."

수현이 서점을 찾아온 이유였다. 이 세계에서 수현의 말을 믿어줄 사람이 있다면 서점 주인밖에 없다는 생각에. 하지만 막상 자기 고민의 이유를 다 솔직히 말할 수는 없었다.

"저는 가능성으로 말씀드린 것뿐입니다. 여러 다양한 설명 중에 물리학적이지만 물리학으로 증명할 수 있는 가능성이 없을 수도 있다고요. 혹은 평행세계들이 존재한다고 해도 어쩌다 그 세계가 교차되는지에 대해서는 어떤 설명도 없고요. 하지만 그런 일이 일어난다고 해도……."

운성은 자기 앞의 잔을 들여다보면서 다시 저음으로 말했다.

"두 세계는 동일한 우주는 아닐 겁니다. 비슷한 사람이 있고, 비슷한 사건이 있을 수 있죠. 무수한 다중우주 중에 사건의 순서가 겹치는 우주가 두 개 존재할 수도 있죠. 그렇지만 결국 그렇다고 해도 우주는 개체의 선택에 의해서 갈라질 겁니다."

운성의 손가락이 그의 뺨으로 향했다. 수현은 운성의 흉터를 새삼 의식했다. 손이 흉터를 훑는 건 그의 습관인 것 같았다. 긴장했을 때? 생각에 빠졌을 때?

"그렇다면 결국 비슷한 두 평행세계가 있다고 해도 다른 선택을 하면 다른 방향으로 흘러간다는 뜻이겠네요. 다른 모습으로 진화해간다?"

운성이 고개를 들었다. 두 사람의 눈이 마주쳤다.

"네, 만약 이곳과 비슷한 세계가 있고 비슷한 사람이 있다고 해도, 똑같은 세계, 똑같은 사람은 아닐 겁니다. 하지만 자신이 스스로 선택한 자기만의 세계인 거죠."

이 말을 하는 순간, 운성은 미소를 지었다. 즐거워서도 아니지만, 슬프지만도 않은 미소였다. 무언가 그리워했던 것을 만난 사람의 미소 같다고 수현은 생각했다.

평행선 서점 주인의 말도 수현의 고민을 풀어줄 수는 없었다. 그렇지만 더 궁금한 게 있고 불안한 점이 있다면 다음 사이트를 방문해보라고 운성은 링크를 하나 주었다.

택시를 타고 오는 길에 그 링크를 클릭해보았다. 페이지를 보려면 앱을 다운로드하라고 해서 그대로 했지만, 막상 보인 건 과학기술정보통신부에서 만든 평행세계에 대한 평범한 문서였다. 하지만 그 문서의 끝에도 서점 주인이 말한 대로 "선택이 자신의 새로운 우주를 만든다"는 문장이 쓰여 있었다.

택시에서 내린 수현은 대문 앞에 서서 어둑해지는 저녁 빛에 잠긴 집의 2층을 올려다보았다. 평생을 살아왔던 수현의 세계였고 이곳을 벗어난다는 생각은 해보지 않았다. 하지만 나와 비슷하게 자라왔던 사람이 집을 벗어날 수 있다면, 수현도 그렇게 할 수 있었다.

저녁 식사로 윤정은 수현이 좋아하는 매생이굴국을 끓여냈지만, 수현은 생각이 많아서 먹는 둥 마는 둥 했다. 식사 후에는 서둘러 자기 방으로 올라와 현수가 유학 간다던 독일의 학교를 찾아보았다. 수현이 공부하기에 적당한 프로그램은 없었다. 독일어 공부도 하려면 한참 걸릴 것 같았다. 미국은 어떨까. 수현이 이모에게 연락한다면 받아줄까. 수현은 최근에 미국으로 유학 간 동기들을 알고 있었고, 그들이 부럽기도 했다. 그들에게 연락한다면 자료를 받을 수도 있을 것이다. 수현의 마음속에 새로운 희망이 솟아났다.

여기가 아닌 또 다른 삶. 가능할 수도 있다. 수현 스스로 변하기로 한다면. 이미 다른 우주에서 나와 똑같지만 본인의 생각으로 인생의 진로를 결정한 사람이 있다. 그렇다면 수현도 할 수 있을 것이다.

수현은 잠들기 전, 현수에게 DM을 보냈다.

— 현수, 나는 떠날 거야. 내 삶을 찾아서.

현수의 대답은 간결했다.

— 좋아. 우리는 잘할 수 있어.

'우리'라는 말이 수현의 마음속에 응원가처럼 울려 퍼졌다.

유학을 알아보고, 준비하는 일 자체는 생각보다 어렵지 않았다. 다만 주변 사람들에게 그런 결정을 말하는 일이 훨씬 더 어려웠다.

수현이 가장 먼저 속마음을 꺼내놓은 사람은 윤정이었다. 윤정은 걱정을 먼저 앞세웠다.

"네가 가면 나도 같이 갈 거야. 네 밥도 해주고 빨래도 해주고. 네가 혼자 어떻게 사니."

"걱정하지 마, 아줌마. 나 이제 어린애 아니잖아."

수현은 웃으면서 대답했다. 윤정 아줌마는 같이 웃음 짓지 않았다.

"네가 할 줄 아는 게 뭐 있다고."

"아줌마."

수현이 윤정의 손을 잡았다. 윤정의 손은 평생 집안일로 거칠어져 있었지만, 수현이 기억하는 엄마의 감촉만큼이나 부드러웠다.

"내가 가서 자리 잡고 아줌마 부를게."

"그래도 아줌마는 너무 걱정이고……."

"우리 헤어지는 거 아니야."

수현은 맞잡은 손에 힘을 주었다.

"우린 가족이잖아. 나한테는 아줌마랑 진철 아저씨가 가족이야."

윤정의 얼굴이 확 붉어졌다. 당황한 것 같기도 하고 기쁜 것 같기도 하고, 여전히 걱정스러운 것 같기도 했다.

교통사고에서 회복하고 돌아온 진철 아저씨의 반응은 그보다는 확실했다.

"잘 생각했다. 사람은 큰물에서 놀아야지. 너라면 잘할 수 있을 거야. 기호도 같이 가니?"

"아뇨……. 그건 오빠에게 물어봐야죠."

수현은 미국에 가야 한다고 해서 기호랑 당장 헤어질 생각은 없었다. 수현은 그에게 믿음이 있었다. 오빠는 항상 옆에 있어주고 위험에서 자기를 구해주기까지 했다. 하지만 기호 오빠에게 솔직하게 말하고 그의 결정을 기다려야 한다.

그날은 수현과 기호가 정기적으로 수현의 집에서 저녁 식사를 하는 날이었다. 기호가 어떻게 나올지 몰라서 윤정 아줌마에게도 미리 말해두었다. 저녁 식사 직전, 수현은 현수에게 DM을 보냈다.

— 기호 오빠에게 오늘 떠난다고 말하려고. 떨린다!

평소와 달리, 현수에게는 바로 답장이 오지 않았다. 그쪽 세계에서 뭔가 바쁜 일이 생겼을지도 모르지. 현수에게서 바로 응원을 받지 못하는 건 불안했지만 수현은 휴대전화를 방에 두고 식당으로 내려갔다. 기호는 식사하면서 수현이 휴대전화를 보는 것을 싫어했다.

식사 중에는 차마 입이 떨어지지 않았다. 결국 디저트로 나온 크림 브륄레를 먹을 때에야 수현은 말을 꺼낼 수 있었다.

“뭐, 유학?”

기호는 마치 유학이라는 단어를 생전 처음 들어보는 사람처럼 발음했다. 수현은 이제까지 준비해온 것을 차분히 설명했다.

“미국 간 김에 이모도 찾아보고…….”

기호는 날카롭게 대답했다.

“연락도 없는 네 이모를 어떻게 만나.”

“아, 그건 걱정 안 해도 돼. 이모를 찾아줄 법무법인을 선임했어.”

식당에 걸린 등이 깜빡 나갔다가 다시 들어왔다. 수현은 놀라서 천장을 올려다보았지만, 기호는 눈치채지 못한 듯 그저 수현만 똑바로 바라볼 뿐이었다.

“뭐? 나랑 아버지가 변호사인데, 왜?”

“재단 일이야 오빠와 아저씨가 잘해주시겠지만, 내 쪽에도 따로 대리인이 필요하니까. 윤정 아줌마와 진철 아저씨 일도 처리해드려야 하고.”

사실은 이전에 현수가 한 말에서 힌트를 얻은 것이었다. 현수는 호기와 헤어져야 하기 때문에 피치 못할 선택이라고 했지만, 수현도 자신에게도 좋은 방안인 것 같았다. 이제 수현의 삶에서 직접 통제할 수 있는 일들의 수가 늘어나고 있었다.

저녁 식사 후 나머지 시간은 별다른 말없이 흘러갔다. 기호는 불쾌한 티를 내기는 했지만, 생각해보겠다고 말하고 돌아갔다. 상준과 의논해보고 결정을 내릴 것이었다. 수현은 한숨을 내쉬었다. 가슴에 얹혔던 짐은 이제 무게를 덜고 좀 더 가벼워졌다. 수현은 자기가 혼자 힘으로 결정을 내릴 수 있는 사람이 되었다는 사실이 기뻤다.

이 마음을 현수에게 전하고 싶어서, 방으로 올라가 휴대전화를 찾았다. 아까 보낸 DM에는 읽음 표시가 없었다. 계정에 새로 올라온 사진도 없었다.

어떻게 된 거지? 정말 휴대전화를 들여다볼 수도 없을 만큼 바쁜가? 그렇다면 내게도 내일 바쁜 일이 생긴다는 뜻일까?

민 박사가 감염되면 안 되니 매일 꼬박꼬박 챙겨먹으라고 처방한 알약을 삼키며 수현은 천장을 쳐다보았다. 방 안에 걸린 펜던트 등이 다시 깜빡거렸다. 윤정 아줌마가 새로 바꿔준 게 언제인데 저렇게 등이 나갔다 들어왔다 하는 일이 많다. 아니, 최근 며칠 동안에는 깜빡이지 않았으니 바꿨던 게 맞을까? 그러고 보니 아까 식당 등도 나갔다 들어왔었지. 아니, 애초에 전등이 이상한 게 맞을까? 내 눈이 이상한 걸까, 아니면 내 머릿속이?

혼란스러운 감정을 안고 수현은 침대에 누웠다. 휴대전화를 보았지만, 여전히 현수에게서는 답이 없었다. 라이브를 켰지만, 역시 반응이 없었다.

그렇게 휴대전화를 든 채로 스르르 잠이 든 걸까. 휴대전화가 바닥에 뚝 떨어지는 바람에 수현은 눈을 떴다. 어둠 속 누군가 자기를 내려다보고 있었다. 재빨리 일어나 앉으려고 했지만, 그 사람이 침대에 있던 쿠션을 수현의 가슴 위에 얹고 내리눌렀다. 수현은 숨이 막혀 꼼짝할 수 없었다.

"아줌마, 아줌마……."

간신히 몸속에서 공기를 짜내 윤정을 불렀지만, 숨이 커다란 소리가 되어 나오지 않았다.

"아줌마 불러도 소용없어. 우리 집에서 불러서 갔으니까."

"오빠, 왜……."

기호는 이제까지 보지 못한 눈빛으로 수현을 보고 있었다.

"네가 네 맘대로 가버리려고 해? 내가 이제까지 너 보호해준 것도 모르고?"

음산한 목소리가 수현의 귓속으로 파고들었다. 수현은 몸부림치며 일어나려고 했지만, 기호가 침대 위로 올라와 수현의 몸에 올라타고 무릎으로 손을 꼼짝할 수 없게 눌렀다.

"오빠, 그런 게 아니야……."

"아빠가 너를 최소 불구자라도 되게 해서 금치산자로 해야 한다고 할 때도 내가 말렸어. 네가 고분고분하니까 결혼만 하면 다 내 맘대로 할 수 있다고."

수현은 이제야 현수의 말이 사실임을 알았다. 가까이 있는 사람들이 자기 목숨을 노리고 있었다. 누가 자기편일까, 누가 나를 죽이려 할까.

"그런데도 네가 나를 배반해?"

기호는 한 무릎으로 수현의 몸을 내리누른 채로 한 손으로는 수현의 목을 잡고 오른손을 들어 뺨을 쳤다.

"악!"

깜빡이는 등처럼 아픔이 번쩍 들어왔다가 천천히 사라졌다. 수현은 제대로 숨을 쉴 수가 없었다. 손만 뻗을 수 있다면, 베개 밑에 있는 그걸 꺼낼 수만 있다면…….

"미안해, 오빠, 그게 아니야."

기호는 한 손으로 자기 옷 안주머니를 더듬더니 주사기를 꺼냈다. 그 안에는 수현이 모를 약품이 들어 있었다.

"너 같은 건 없어져야 해, 고마움도 모르는 배은망덕한 건."

뜨거운 분노에 찬 목소리가 차가운 광기로 변했다. 그 냉기에 수현의 심장까지 얼어붙는 기분이었다.

"그런 걸 해봤자, 결국 경찰이 알게 될 거야."

"걱정 마, 민 박사가 다 알아서 처리해줄 거니까. 자기도 10년 간 한 짓이 있으니까 이제 와 배반은 못할 거고."

주사기를 든 손이 천천히 수현의 목덜미 쪽으로 다가왔다. 수현의 우주가 끝나려 하고 있었다. 수현은 아득해지는 정신 속에서 현수를 생각했다. 그 애의 우주도 끝난 걸까. 나와는 달리 적극적으로 자기 인생을 바꾸려고 했던, 사랑하는 사람이 생겼던 또 다른 나도 세계에서 사라진 걸까?

그때 방 안에 귀를 찢는 날카로운 사이렌 소리가 울려 퍼졌다. 바닥에 떨어진 수현의 휴대전화가 진동하며 세차게 울렸다.

"뭐야?"

기호가 주춤하며 뒤를 돌아보았다. 기호의 손이 느슨해진 틈을 타서 수현은 쿠션에 깔린 손을 빼내 베개 밑에서 전기충격기를 꺼냈다. 현수와 함께 사용법을 미리 익혀두기까지 했지만 막상 실전에 쓰려고 하니 정신이 멍했다. 전기충격기를 기호의 다리에 갖다 대자 그가 비명을 지르며 침대 아래로 떨어졌다.

수현은 몸을 일으켜 앉았다. 목이 막혔다. 가슴이 짓눌려 호흡을 제대로 할 수 없었다. 기호는 충격을 받은 채로 바닥에 쓰러져 있다가 아직도 소리가 나는 수현의 휴대전화를 집었다. 전기충격이 약했던 모양이었다.

"이건 또 뭐야."

이제 휴대전화로 신고할 길은 사라졌다. 수현은 침대 옆 협탁 서랍을 열고 호루라기를 꺼내 약하게 불었다. 호루라기 소리가 어둠을 뚫고 창 바깥까지 흘러넘쳤다. 하지만 누가 들을지는 알 수 없었다.

기호가 몸을 일으켜 다시 침대 쪽으로 기어오며 쉰 목소리로 말했다.

"그래봤자, 소용없어. 아무도 없으니까. 후처리가 좀 번거롭게 되긴 하겠지만……."

다시 기호의 두 손이 수현의 목을 조르기 직전, 수현은 있는 숨을 다 쥐어짜 마지막으로 호루라기를 세차게 불었다. 호루라기 소리가 휴대전화 소리와 뒤섞여 전시를 알리는 사이렌처럼 점점 커졌다.

다음 순간 수현의 눈앞에 보인 건 다시 바닥에 나동그라진 기호의 모습이었다. 수현의 방 안에 빛이 흘러넘쳤다. 누군가 전등을 켠 것이었다.

"수현아, 이걸 어째!"

윤정이 소리를 지르며 방 안으로 뛰어들어왔다. 기호는 진철의 몸 아래에 깔려서 버둥거리고 있었다.

"이 새끼, 처음부터 마음에 안 들었어."

진철은 이를 악물며 기호의 몸을 더 세게 내리눌렀다. 윤정의 팔이 수현을 감싸자 수현은 윤정의 품 안에 안겨 아기처럼 눈물을 터뜨렸다. 바닥에 떨어진 휴대전화에서는 이제 아무 소리도 들리지 않았다. 마치 무슨 일이 있었나요? 하고 시치미를 떼는 것만 같았다.

평행선 서점의 하얀 문은 굳게 닫혀 있었다. 밖으로 내민 창틀에 며칠간 내렸던 고운 눈이 아무도 손대지 않은 채 쌓여 있었다. 수현은 창 앞에 서서 목을 빼고 들여다보았지만 이번에는 두툼한 커튼도 내려져 있어서 안이 보이지 않았다. 수현은 다시 문 쪽으로 돌아가서 명패를 보았다. 오른쪽 기둥의 금색 동판에는 빨간색으로 "A-verse"라고 새겨져 있었다. 그뿐이었다.

이전에는 'A''라고 쓰였던 것 같은데. 수현은 기억을 되살려보았다. '∥' 표시도 사라지고 없었다. 원래는 그냥 티끌이 묻어 있었던 건지도 모른다. 수현은 손가락을 뻗어 동판을 닦아보았다. 먼지는 없었다. 금속의 차가운 감촉이 손끝을 타고 가슴으로 전해졌다.

사건이 일어난 지 반년이 지났다. 증명하기는 쉽지 않았지만, 윤정과 진철 그리고 새로 선임한 법무법인의 도움으로 많이 정리할 수 있었다. 상준은 정신이상, 심신미약으로 기호를 구명하려고 하지만, 배임과 횡령 등 자신을 향한 고발 상황부터 해결해야 할 것이었다.

윤정은 기호의 명령으로 수현의 방에 깜빡이는 등을 그대로 놔두었다고 울면서 고백했다. 그게 수현의 정신적 치료에 도움이 된다고 말했고, 이상하다고 생각했지만 민 박사도 그렇게 확인해주었기 때문에 그 말을 믿었다고 했다.

그날 갑자기 진철과 기호의 집으로 오라는 연락을 듣고 서둘러 갔지만, 수현에게서 전화가 오다가 끊어지길 여러 번 반복하는 바람에 이상한 예감이 들어 돌아온 것이라고도 했다.

이상한 일이었다. 수현은 어쩌다 휴대전화에서 갑자기 사이렌 소리가 울렸는지도 알지 못했다. 전화기를 수리센터에 가져다주었지만, 그쪽에서도 알 수 없다고 했다.

그간 현수와는 연락이 되지 않았다. 그날 이후로 현수에게 답장이 없었다. 수현에게 일어난 일이 현수에게도 똑같이 일어났다고 한다면, 결국 현수는 수현처럼 피하지 못하……. 수현은 고개를 저었다. 아니, 그런 생각을 하고 싶지 않다. 현수도 그 애의 우주에서 더 행복해졌을 것이다. 지금의 수현처럼.

평행선 서점에 온다면 현수와 다시 연결될 수 있는 방법을 알 수 있지 않을까 싶었다. 하지만 서점 문은 계속 닫혀 있고, 인스타그램 계정을 봐도 별다른 소식이 없었다. 서점 주인 운성은 어딘가로 여행을 떠났을지 모른다. 수많은 다른 서점들을 향해.

바람이 불자 바닥에 쌓인 눈가루가 부스스 일어서 날렸다. 차가운 거리 위에 오래 서 있을 수가 없었다. 이제는 돌아가야 할 때이다. 수현이 초록 털실 목도리를 끌어 올려 얼굴을 가리면서 문에서 돌아섰을 때 서점의 왼쪽 벽에 붙은 포스터에 눈길이 갔다. 〈트윈스터즈〉. 2016년 3월 3일 곧 개봉.

평행세계 속의 나의 트윈스터즈, 너는 어디에 있을까? 내 인생을 바꿀 용기를 불어넣어준 너는? 내 목숨을 살려준 너는?

그때, 팅 하는 소리가 청명하게 차가운 겨울 공기 속에 울렸다. 수현은 휴대전화를 들여다보았다.

"comet0420님이 DM을 보내셨습니다."

DM으로 들어온 것은 하나의 영상이었다.

SIDE B :

팀 에이버스

꼼꼼하게 화장을 지우고 옷을 갈아입은 양은하가 스튜디오 문밖으로 나왔을 때, 사무실에는 진한 마라 소스 냄새가 진동했다. 은하는 인상을 쓰면서 거대한 듀얼 모니터 앞에 앉은 주우다의 등을 탁 쳤다. 우다는 은하를 향해 고개를 돌리면서도 훠궈 그릇을 사수했다.

"주우다 씨, 내가 사무실에서 냄새 피우면서 요리하지 말랬지."

"밥도 못 먹고 뛰어왔단 말이에요. 갑자기 일 시켜놓고."

주우다는 바짝 깎아 남은 것도 없는 머리카락을 툭툭 쳤다. 우다는 제대한 지 2년이 넘었는데도 계속 짧은 머리카락을 고수했다. 은하는 그가 심한 곱슬머리거나 숱이 없는 게 아닐까 처음에는 의심했었지만, 자세히 보니 그런 것도 아니었다. 1인용 전기 핫포트를 들고 다니면서 온갖 요리를 다 해 먹는 20대 청년이라니, 그것만으로도 특이하지만 사실 우다의 특이한 점은 그것뿐만은 아니었다.

"그래서, 훠궈는 그렇다 치고 보스가 말한 대로 영상은 제대로 보냈어요?"

우다는 여전히 한 손으로 그릇을 끌어안은 채로 작업 창을 켜서 마우스를 이리저리 움직였다.

"음, 지금 보니 DM 확인은 한 것 같은데요. 아마 알게 되겠죠."

"잘됐네."

"그런데 보스가 이번에는 웬일이래요. 원래 우리 이런 AS까지는 안 하잖아. 반년 뒤에 근황을 보내주라니."

"글쎄, 뭔가 특별한 의뢰였나 보지."

사무실 문이 열리면서, 찬 바람도 같이 훅 밀려들었다. 가장민이 비니를 벗으면서 들어와 앞머리에 묻은 눈을 털었다. 40대라는 나이에 비해 일찍 센 흰 머리카락과 눈가루가 잘 구분되지 않았다. 장민도 들어오자마자 코를 킁킁대며 눈살을 찌푸렸다.

"뭐야, 이 마라 냄새는."

은하가 손가락으로 우다를 가리키며 한심하다는 표정을 지었다.

"우리 천재 해커, 컴퓨터 신께서 배가 고프시대요."

우다는 젓가락으로 당면을 솜씨 좋게 건져 올려 후루룩 빨아들이며 말했다.

"컴퓨터 신은 무슨. 그런 말하면 저 아줌마 속으로 비웃고 있을걸. 알고리듬이나 깨작대고 AI로 목소리나 만들고 딥페이크나 짜는 애송이 주제에, 라고."

장민이 비니로 우다의 머리를 탁 쳤다.

“쪼끄만 머리로 괜한 짐작하지 말고, 하던 일이나 잘해.”

“아, 머리는 치지 말라고. 이게 유일하게 먹고사는 자산인데.”

짧은 머리카락을 문지르며 툴툴거리는 우다를 두고 장민은 은하를 향해 물었다.

“유 사장은 어디 갔어?”

“보스는 서점에 있겠죠.”

은하는 사무실 문과 스튜디오 문 사이에 있는 작은 문을 쳐다보았다.

“우리 보고는 잠시 들어오지 말래요.”

은하는 무심한 것처럼 말했지만 장민은 은하의 연기 패턴을 파악하고 있었다. 은하는 분장만 잘하는 게 아니라 연기도 뛰어난 배우였다. 본인의 뜻만 있었다면 지금쯤은 스크린에서 봐야 할 얼굴이었다. 장민이 몇 번 아는 감독을 소개해주겠다고 꼬였지만, 은하는 사람들에게 진짜 얼굴 보이는 게 싫다면서 들은 척도 하지 않았다. 그런 애가 현실에서 자기 속마음은 잘 숨기지 못했다. 은하가 눈으로 뭔가 묻고 있었지만, 장민은 모른 척하고 태연하게 말했다.

“그래? 서점에 있나⋯⋯.”

장민은 애매하게 말하며 책상에 걸터앉고는 손가락으로 은하의 전신을 재는 흉내를 냈다.

"그나저나 우리 베이비는 그간 더 예뻐졌네. 화장을 안 한 쌩얼이 제일 예쁘단 말이야."

"뭐예요, 실장님, 갑자기 그렇게 훅 들어오지 마요. 시도 때도 없이 플러팅이야."

은하는 새침하게 긴 생머리를 휙 흔들었다.

어느덧 훠궈를 다 먹어치운 우다가 입가를 닦으며 말했다.

"그건 진짜 아니다. 은하 대리님은 화장을 한 게 훨씬 예쁘지. 아까도 영상으로 그 현수인가 하는 분 분장했을 때 눈이 튀어나오는 줄. 정말 딴사람인 줄 알았다니까. 정말 20대 초반 같았어."

"뭐, 어차피 은하 20대잖아. 만으로 세면. 생일 안 지난 거 맞지."

장민이 은하의 어깨에 팔을 걸치면서 말했다. 장민의 키가 작은 바람에 170센티미터가 훌쩍 넘는 은하와 어깨동무를 하려면 까치발까지 해야 했다.

"에이, 그래도 은하 대리님은 그 타깃 같은 풋풋한 느낌이 없잖아요."

"진짜 마라 맛 보여주기 전에 가만있으시지."

은하가 손을 치켜들자, 우다가 휴지를 든 손으로 막는 시늉을 했다.

"뭐예요, 이거 직장 내 괴롭힘이에요."

"그전에 이미 우다 씨가 직장 내 성희롱을 했거든."

은하가 손을 내리다가 자기 니트의 소맷자락을 보고 인상을 썼다.

"뭐야, 여기 소매에 마라 소스 다 튀었잖아."

"뭐?"

칠부 소매 티셔츠를 입은 장민은 자기 팔을 확인했다.

"진짜네. 나한테까지 튀었어."

은하가 장민의 팔 위, 소용돌이 모양의 은하수 타투를 가리켰다.

"거기 타투 위에 빨간 국물 묻었어요."

은하와 장민이 서로 요란스럽게 소스를 닦는 동안, 우다는 모르는 척 태연하게 그릇을 휴지로 닦았다. 휴지를 쓰레기통에 버리고 빈 그릇을 도로 자기 도시락 가방에 챙기면서 우다는 약간 도전적으로 말했다.

"그런데 이번 사건은 진짜 이상하지 않았어요?"

은하와 장민의 눈길이 동시에 우다에게로 쏠렸다.

"뭐가?"

장민은 여전히 유하게 대답했다. 우다는 건방진 눈빛으로 장민을 보았다.

"우리가 평소 하는 것처럼 하려면 그냥 타깃을 인스타그램으로 자연스럽게 유도하고 알고리듬 조작해서 우리 라이브에 접근하도록 해도 되죠. 그런데 굳이 인스타그램 미러 사이트를 구축하고 거기서 영상통화를 라이브처럼 하게 하다니. 평행세

계인 척 보이게 하는 데는 굳이 그렇게까지 할 필요가 없잖아
요. 2026년에 복잡하게 플랫폼을 새로 만들 필요가 없는데? 이
번에 일이 너무 많았다고요."

"나도 이상하게 생각하긴 했어. 평소 같으면 3D로 돌리고
AI로 목소리 맞춰서 해결할 일인데 이번에는 나 보고 직접 분
장을 하고 라이브로 타깃과 대화를 나누도록 하는 수고까지 하
게 했단 말이지."

은하가 어깨를 으쓱했다. 우다는 계속 의문을 제기했다.

"게다가 타깃이 2020년대 사람이라기엔 너무 세상 문물을
모르던데? 지금 이 시대에 인스타도 안 하고, 라이브 시스템이
그거랑 다른 걸 모를 정도라니."

"확실히 순수한 사람인 것 같긴 했어."

은하가 약간 얼굴을 붉혔다. 은하는 수현을 속이면서 죄책
감을 느꼈다. 곱고 순한 사람에게 거짓말을 하다니. 모두 그를
위한 일이라고 해도, 평소에 은하가 만나는 타깃과는 차이가
있었다. 은하는 장민을 흘끔 쳐다보았다.

"장민 실장님은 직접 타깃을 봤잖아요. 어땠어요?"

"아아, 그 택배 상자 무너뜨리는 작전 때. 너무 잠깐 봐
서……. 그냥 예쁘고 착한 아가씨 같았어."

우다가 피식 웃었다.

"잠깐 봤다면서 금방 잘도 파악하셨네? 착한 것보다는 순진
한 거 아닌가?"

"순진해서 순수한 것도 있지."

은하가 핀잔을 주었다.

"가스라이팅을 너무 오랫동안 당하면서 다른 사람들하고 단절되었지만 나중에는 직접 판단도 내렸고. 타깃이 착해서 그 가정부란 사람도 다른 쪽에 완전히 붙지 않은 거고."

"어쨌든 아가씨가 의심을 하지 않은 덕에 휴대전화에 사이렌 앱을 깔아서 결정적 순간에 울리게 할 수 있었잖아. 그것참 절묘했지. 주우다, 잘했어."

장민은 우다의 어깨를 두드렸다. 그를 진정시키려는 것 같기도 했다. 은하는 장민이 화제를 바꾸려 한다는 것을 눈치챘다.

우다는 장민의 손을 슬쩍 밀어냈다.

"뭐, 어둠 속에서 평소 패턴과 다른 충격 동작을 감지하면 앱이 켜지고 타깃이 비명을 지르거나 위험에 빠졌다는 신호가 오면 사이렌이 울리게 하는 정도의 간단한 시스템인데요. 그걸로 결국 타깃의 목숨을 노린 범인을 잡았다고 하니 다행이긴 하지만 인터넷에 뉴스 하나 나지도 않은 건 이상한데?"

우다가 집요한 성격이라는 건 모두가 알고 있었다. 그의 호기심은 그 무슨 소화기로도 쉽게 끌 수 없다.

은하도 궁금한 건 마찬가지였다. 운성이 신경 쓰는 사건이라서 더더욱.

"우다 말이 맞아요. 우리는 이미 일어난 사건을 푸는 데만 개입하지, 일어날 사건을 바꾸진 않잖아. 현실을 완전히 바꾸지는 않는다, 의뢰 내용이 그런 거 아니었어요?”

은하는 어느 정도 대답을 품고 장민을 쳐다보았다. 장민은 대답하지 않았다.

“맞아. 그래야 우리가 하는 활동도 어느 정도 법의 테두리 안에 있게 된다는 게 보스의 철칙이잖아.”

우다는 해커 출신인 주제에, 활동의 합법성에는 늘 민감하긴 했다. 딥페이크나 알고리듬 조작도 요새는 기술이 교묘해져서 범죄에 쉽게 쓰일 수 있기 때문에, 꼭 필요한 상황에서 타깃을 구조하기 위한 경우라고 판단하지 않으면 하지 않았다.

은하는 장민의 얼굴을 쳐다보았다. 이 정도까지 몰아붙였으면 진실을 말해주지 않을까 하는 기대감이 20퍼센트 정도는 있었다.

“때가 되면 유 사장이 설명할 거야.”

장민은 이렇게 말했을 뿐이었다. 은하는 속으로 혀를 찼다. 여우가 속에 아홉 마리는 들어 있는 아줌마였다. 하긴 장민이 이 팀 에이버스에서 하는 일도 그와 비슷했다. 사람을 홀리는 여우. 다만 은하가 화면 속에서 홀린다면, 장민은 현실에서 사람을 홀릴 뿐이었다. 전직 스턴트 배우였기 때문에 몸 쓰는 일에도 강하고, 웬만한 사람들은 신체적으로 압도하는 면모가 있었다. 작은 체구였지만 자세에 따라서 달라 보이는 능력이 있어서 다양한 변장도 가능했다. 은하도 현장에서 뛰고 싶었지만, 장민의 역할을 대체하기에는 아직 멀었다는 건 본인도 인정했다. 하지만 그렇다고 해서 은하가 현장에 투입되고 싶은 희망을 버린 건 아니었다. 은하가 알고 싶은 걸 찾아내려면 운성과 장민이 숨긴 비밀도 알아내야 했다.

장민이 서점으로 들어갔을 때 하얀색의 케이블 스웨터를 입은 운성이 서점 창문 앞 긴 의자에 누워 있었다. 편안해 보이는 자세였지만 왠지 눈은 창밖에서 떼지 않고 경계하는 듯하기도 했다. 장민이 성운을 만난 것도 10년이 넘었지만, 운성의 속내를 파악하기란 쉽지 않았다. 특히 이번 사건 같은 개인적 사연이 얽혀 있을 때는.

장민은 서점 구석 테이블에 놓인 의자를 끌어다 운성 앞에 놓고 앉았다.

"오셨어요?"

운성은 고개를 돌려 장민을 보고 고개만 까닥해서 인사했다. 약간 길어진 머리카락이 그의 눈으로 떨어졌다.

"사람이 오면 일어나서 인사 좀 하고 그래."

"귀찮게, 하루이틀 본 사이도 아니면서 무슨 격식을 찾아요."

운성은 여전히 일어나지 않은 채로 턱으로 사무실 쪽을 가리켰다.

"애들은 뭐 해요?"

"유 사장이 시킨 마지막 일 한다는데?"

"아아, 그거."

운성은 창문 너머를 내다보면서 무심하게 말했다.

"잘 마무리됐나 보네요."

장민은 고개를 빼고 운성의 시선 방향을 함께 따라가보았다.

"누가 왔으면 동판을 온으로 바꿔놓지? 아까 보니 빨간색으로 오프인 것 같은데. 지금은 들어오게 해도 되잖아."

"뭘, 굳이 그렇게까지."

운성은 태연하게 말했지만, 시선은 계속 창문 밖의 무언가를 향했다. 유리창에 초록색 털실이 언뜻 보였다 사라졌다. 장민은 뭐였을까 생각했다. 목도리?

"은하랑 우다가 궁금해해. 유 사장이 이 일에 이렇게까지 집중하는 이유."

장민은 의자에 등을 기대면서 말을 툭 던졌다. 이제는 팀원들에게 진실을 얘기해줘야 할 때라는 신호였다.

"아구구, 눈이 와 그런가 날이 차네. 차라도 한 잔 드릴까, 우리 실장님? 이번에 좀 괜찮은 차가 들어왔거든."

운성은 대답을 피하고 자리에서 일어섰다. 하지만 장민도 이번에는 결심한 바가 있었다. 장민은 운성의 손을 잡았다. 운성이 눈을 돌려 장민을 내려다보았다.

"운성. 동료를, 우리를 좀 더 믿어."

운성은 도로 의자에 털썩 주저앉았다.

"제가 믿으니까 이렇게 같이 일을 하고 있죠."

"그런 말 아니잖아. 쟤들도 말해주면 알아들을 거야."

운성이 피식 웃었다.

"무슨 말을요. 물리학 수업도 아니고, 진짜 평행세계가 존재한다고? 우리가 하는 일들이 실은 자기들이 사는 우주의 관문을 넘어 다른 우주까지 연결되는 일이라고요?"

"그래. 할 수 있으면 해야지."

운성은 고집스럽게 입을 다물고 코를 쓰다듬었다.

"그럼 팀원들은 우리 일을 어떻게 받아들일까요? 다른 우주를 바꾸어도 우리 우주에는 변화를 일으키지 못하는데."

운성의 말투가 좀 더 강해졌다.

"선배님도 아시잖습니까. 쟤들이 이 일을 하는 동기에는 각자 자기 삶의 진실을 찾고자 하는 이유가 있다는 걸요. 저 애들은 한 세계에 뿌리박고 살아야 해요."

"그 판단조차 쟤들에게 맡겨야 해! 저들은 이번 작전도 자기들 세계에서 일어난 일이라고 생각하지만 의심을 안 하는 것도 아니야! 언제까지 속일 수 있을 것 같아?"

장민의 목소리가 점점 커졌다.

"그리고 아직 확인을 못 한 거잖아. 다른 우주를 바꾸는 게 우리의 우주를 어떻게 바꿀지는. 그게 바꾸지 못한다는 뜻은 아니야."

두 사람의 시선이 마주쳤다. 장민은 숨을 내쉬고 다시 마음을 가다듬었다. 장민은 다시 톤을 부드럽게 바꾸었다.

"그렇게 믿지 않는다면, 이 일은 왜 이렇게 공들인 거야? 지금 현실의 수현을 살린다고 해서 운성의 죽은 첫사랑이 돌아오는 것도 아닌데."

"제가 그렇게 낭만적인 기대를 가진 사람으로 보이세요?"

운성은 다시 한 번 피식 웃었지만, 이번에는 거기에 쓸쓸함이 어렸다.

"뭐, 운명인가 보죠. 제가 이 평행선 서점에 다다른 것처럼."

운성의 손이 다시 습관처럼 그의 뺨을 향했다. 손가락 끝에 흉터의 감촉이 오래전 추억처럼 희미하게 느껴졌다.

10년도 넘는 세월이 흘렀다. 운성은 현수가 죽었다는 걸 정윤에게 듣고 미친 사람처럼 거리를 헤맸다. 현수의 집에서 두 사람이 만난 공사장을 지나 현수가 다니던 학교 앞까지 걸어오다가 이 하얀 지붕의 서점을 만났다. 왠지 모를 끌림에 서점에 들어오고 나서 알게 되었다. 이곳은 세계의 평행선 사이에 존재할 수 없는 접점이라는 것을.

그리고 평행선 서점에서 다시 나갔을 때 2005년의 세계를 보고 알았다. 이곳은 10년 전의 평행세계였다. 거기에는 아직 살아 있는 현수, 아니 수현과 그의 가족들이 있었다. 그러나 그는 자기 세계의 흐름을 바꿀 수 없듯이 이 세계의 흐름도 바꿀 순 없다. 그는 그저 다른 세계에서 온 방문자일 수밖에 없었다.

"운성은 평행선 서점을 통하면 두 세계가 연결될 수 있다는 걸 알고, 사이트를 만들어놓고 그 애를 쭉 기다렸잖아. 현수의 가정부에게 받은 자료를 이용해 은하를 시켜서 새 사진을 만들어놓고, 그리고 그 애가 마침내 찾아왔을 때 현수의 계정을 발견할 수 있도록 루트를 만들어놓았지.”

“저는 그저 변화는 가능하다는 걸 알리고 싶었을 뿐이에요. 내가 그 타깃, 그 애에게 해줄 수 있는 건 많지 않아요. 저 같은 남자가 바로 그냥 접근하면 그 애는 경계하겠죠. 바로 자기 껍질 안으로 숨어버릴 테고. 그리고 그게 맞아요. 저 같은 낯선 남자의 말을 듣고 뭔가 변화를 시도한다는 건 위험할 수 있어요. 오랫동안 가스라이팅을 당해온 사람이니까요. 자기가 묶여 있다는 것조차 몰랐어요. 하지만 다른 세계를 만나면 자기를 묶는 굴레의 존재를 볼 수 있죠. 그렇게 그녀가 알아챈다면……그래서 그 굴레를 끊고자 한다면 힘이 되고 싶었습니다.”

운성은 현수의 인생을 바꾸지는 못했다. 운성 세계의 민 박사는 현수가 오랫동안 우울증에 시달리다가 약을 과다 복용했다고 결론을 내렸다. 운성은 진실이 아님을 알았지만, 증거도 없었고 결정적으로 어떻게 범죄가 일어났는지 알아낼 수가 없었다. 죽은 사람은 말이 없고 진실은 알 수 없다. 아직까지 운성의 세계에서 범인들은 잘 살아가고 있다. 언젠가 누가 그들을 응징하기까지.

하지만 평행세계는 다른 단서를 준다. 비슷한 사건이 일어나는 세계들, 그렇다면 범인은 같은 사람일 수 있었다. 운성이 팀 에이버스를 운영하는 논리도, 팀원들이 진실을 100퍼센트 알지는 못해도 여기 참여하는 동기는 다 비슷했다. 평행세계라는 개념을 이용해서 우리 세계의 사건을 해결하는 것.

하지만 우리 세계가 달라지지 않는 사건이라고 해서 의미가 없는 건 아니었다. 다른 세계에서 누군가 살고자 한다면, 자기를 바꿔서 삶을 만들어나가려고 한다면 외면할 수 있을까?

"수현이 서점에 도달할 것이라는 확신은 없었어요. 하지만 이 세계에서 그녀는 살아날 운명이었던 거죠. 저는 그걸 도운 것뿐이에요."

수현이 평행선 서점의 주소를 자기 휴대전화에 입력했을 때, 팀 에이버스의 활동이 시작되었다.

이제는 장민이 의자에서 일어섰다. 장민은 서점 안을 천천히 걸어 카운터 쪽으로 향했다.

"그렇지. 나도 내가 어쩌다 이 서점에 도달했는지 모르지만, 그것도 운명인 거니까."

장민은 카운터 뒤쪽의 서가 앞에 섰다. 그의 눈이 서가에 꽂힌 책들을 훑더니 한 권을 뺐다.

"하지만 넌 그 애의 인생에 너무 깊게 개입했어. 단지 위험이 있다는 사실만 알려준 게 아니잖아. 걔가 재단에 가는 날 당해야 하는 사고를 우리가 대신 만들었지. 그게 모든 변화를 만들었지만."

운성은 자리에서 일어나며 부드럽게 웃었다.

"다른 평행세계에 실제로 진입할 수 있는 실장님이 없었다면 할 수 없는 작전이었죠. 빈 상자를 높이 쌓으면서 무거운 척하느라 고생하셨죠? 젊었을 때 스턴트 배우로 활약했던 티가 확 나더라고요."

상자가 무너져봤자 크게 다치지는 않았을 것이었다. 그리고 수현은 스스로 상자를 피할 수 있었다. 그 덕에 스스로 자기 목숨을 지킬 수 있었다. 기호라는 인간은 그저 수현을 지키는 척만 했을 뿐이었다.

다만 수현에게 경고하고 무너지는 상자에 다친 사람이 있다는 건 작전상 예측하지 못한 실수였다. 그 사람을 병원까지 데려가서 치료받을 수 있도록 장민이 재빨리 조처하지 않았다면, 팀 에이버스가 제일 꺼려하는 부수적 피해가 일어날 뻔했다.

"하지만 그 때문에 이 세계의 너와 수현은 못 만났지."

《민들레 소녀》. 장민은 자기 손에 놓인 책의 제목을 읽었다. 책장을 하나씩 천천히 넘기면서, 장민은 수현이 서점에 들어섰을 때 운성의 기분이 어땠을까를 상상해보았다. 자기가 아무것도 못해주고 잃어버린 사람이 다시 눈앞에 나타났을 때. 하지만 수현은 운성이 잃어버린 그 사람이기도 하지만 아니기도 했다.

"난 그냥 그런 생각이 좋아요."

운성이 아무렇지도 않은 척 말했다.

"우리가 잃어버린 기회들이 실현되는 우주가 있을 수도 있다는 걸요."

창밖에 떨어지는 눈송이는 더 굵어졌다. 모두 똑같이 보이지만 각기 다른 모양들로 이루어진 작은 우주들. 그건 어느 세계의 눈일까. 그조차 분간되지 않는 곳이 바로 평행선 서점이었다.

"거기서는 아마 다른 사건들이 일어날 거예요. 우리가 바랐지만 일어나지 않았던 일들이."

SIDE A-B:

**우리가 바랐지만
일어나지 않았던 일들이 일어나는 곳**

수현은 휴대전화에 떠오른 영상의 버튼을 탭했다. 영상이 플레이되자 반갑게 손을 흔드는 현수의 얼굴이 떠올랐다. 수현은 반가운 마음에 자기도 모르게 손을 흔들었다.

"안녕, 수현. 잘 있겠지? 나도 잘 있어. 나는 여행을 떠났어. 좋아하는 사람과 함께."

현수가 카메라를 뒤로 돌린 순간, 눈 덮인 높은 산의 풍경이 광활하게 펼쳐졌다. 어디에서 시작해서 어디에서 끝나는지 알 수 없는 길고 높은 산. 카메라가 다시 현수 쪽을 향해 돌아갔다.

"내가 이렇게 잘 지내는 만큼 너도 잘 지낼 거야. 그때까지 안녕!"

이렇게 작별 인사구나. 수현은 직감했다. 다시는 두 사람의 세계가 연결되지 않는다는 것. 이제 각자의 우주 속에서 살아간다.

그래도 괜찮았다. 수현도 현수도 이렇게 잘 살아 있으니까. 우리는 살아 있는 것으로 서로에게 힘이 된다. 어딘가 다른 우주에 즐거운 나 자신이 있다고 하면 나도 즐거워질 것 같은 기분이 들었다.

수현은 휴대전화를 코트 주머니에 집어넣고 손을 뻗어보았다. 회색 하늘에서부터 떨어지는 눈송이가 손바닥으로 떨어졌다. 그 감촉이 행복하게 차갑다.

"서점 문 또 안 열었어요?"

갑작스레 수현의 어깨 너머에서 누군가 말을 걸었다. 수현은 그 목소리에 놀라 돌아보다가 갑자기 눈 속 얼음을 밟고 미끄러졌다.

"어엇, 위험해요!"

말을 건 남자가 수현의 허리를 잡았다. 수현은 넘어지려다가 간신히 균형을 잡고 남자의 팔에 안긴 채로 남자의 눈을 보았다.

"괜찮아요? 제가 갑자기 말을 거는 바람에."

털모자 아래의 검은 눈은 어디선가 본 듯하기도 했다. 깨끗한 이마, 짙은 눈썹. 남자가 두른 체크무늬의 목도리를 보자 문득 생각났다. 봄에 서점 앞에서 본 체크무늬 셔츠의 남자.

다만 그때는 몰랐던 점이 지금에야 눈에 들어왔다. 호리호리한 느낌이 어딘가 모르게 서점 주인을 닮았다. 남자의 오른 뺨에는 그렇게 오래된 것 같지 않은 흉터도 있었다. 하지만 그는 서점 주인보다 적어도 열 살은 어릴 것이었다. 동생이라면 모를까, 본인일 수는 없다. 얼굴보다 더 익숙한 건 그 목소리였다. 어딘가에서 긴박할 때 들었던 그 목소리. 무언가 굴러떨어질 때 수현에게 경고해준 그 목소리.

"다시 말해봐요."

수현은 남자를 올려다보며 말했다.

남자는 당황한 표정을 지었다.

"뭘요?"

"'위험해요!' 그 말요."

수현은 몸을 일으키려 했다. 다시 한 번 수현의 발이 얼음 위에서 미끄러졌다.

"어, 위험해요!"

그 말과 함께 두 사람은 같이 눈밭 위로 미끄러졌다. 남자가 수현을 잡았지만, 결국 둘 다 눈 위로 쓰러지고 말았다. 남자는 수현의 머리를 감쌌고, 둘은 눈 위에 누운 채로 마주 보았다. 아직 사람들이 걸어가지 않은 아침의 눈이라 다행이었다. 두 사람은 눈 위에 흔적을 처음으로 찍었다.

"그 목소리 맞네요."

쓰러진 채로 수현이 남자의 눈을 보고 말했다.

수현은 장학금 수여식 날 기호가 왜 상자를 막아준 걸까, 오랫동안 궁금했었다. 그냥 쉽게 다치도록 놔둘 수 있었을 텐데. 이제야 알았다. 상자를 대신 막아준 사람은 따로 있었다는 걸.

그날 그 자리에 있어야 할 이유가 있었던 사람.

"오지 않았던 공대생."

수현이 중얼거렸다.

"네?"

남자는 여전히 어리둥절한 얼굴이었지만, 여전히 손으로 수현의 머리를 감싼 채였다.

수현은 대답 없이 웃었다. 눈송이가 입 속으로 떨어지며 금방 녹아 사라졌다. 앞으로 설명할 시간은 많이 있을 것이었다. 그들의 앞에는 거대한 세계가 하얗게 뻗어 있었다.

우리의 잃어버린 기회가
실현되는 우주

　이 소설의 아이디어는 2016년 다큐멘터리 〈트윈스터즈〉가 화제가 된 후에 떠올렸다. 처음에는 'SNS에서 나와 똑같은 사람을 만나는데, 그 사람이 쌍둥이가 아니고 다른 우주에서 온 사람이라면?' 정도의 가벼운 생각이었다. 그다음에는 이 이야기를 정체성 도둑 범죄의 온화한 버전 정도로 바꾸어 쓰면 어떨까 싶었다. 한편으로는 고전적인 추리극 〈가스등〉의 현대식 각색도 가능할 것 같았다. 가스라이팅을 당하는 사람이 타인의 도움이 아니라 다른 세계에서 온 나 자신을 통해서 벗어난다는 이야기라면 발전된 방향을 보여줄 수 있겠다는 생각이 들었다. SF적 바탕이 있지만, 미스터리의 논리 안에서 진행되는 소설을 쓸 구상을 펼치다 보니, 〈미션 임파서블〉이나 〈시라노 연애 조작단〉 같은 사건 조작 스쿼드물의 설정이 들어왔다. 물론 그들은 사건뿐만이 아니라, 아예 새로운 우주를 창조한다. 가칭이지만 '평행선 서점—팀 에이버스(Team A´-verse)' 시리즈의 뼈대는 이렇게 만들어졌다.

　이 소설에서 SF적 설명은 엄격하지는 않지만, 평행세계의 구조 자체는 맥스 테그마크의 다중우주론에 가볍게 기대고 있다. 다만 이 소설 안에서도 평행세계가 여러 겹으로 정의된다. 먼저 팀 에이버스가 작전으로 꾸며내는 평행세계는 우리가 관측할 수 있는 바깥에 동일한 조건과 물리법칙을 가진 우주가 있을지 모른다는 가능성을 강조했다. 이는 사람들이 가장 직관적으로 이해할 수 있는 평행우주의 개념이다. 여기서는 오로지 하루의 차이가 있는 평행우주 속의 나를 만나, 동일한 방향으로 일어나는 나의 미래를 예측한다는 설정을 썼다. 물론 작품상에서는 이 우주 자체가 조작으로 세운 것이기 때문에, 미래 예측이 현재 행동의 선택을 좌우하게 된다. 어떤 면에서는 자기암시적 운명론과 겹치는 이야기이고, 많은 평행우주 스토리가 가는 길이다.

소설의 본질적인 세계관, 팀 에이버스가 존재하는 우주와 타깃이 존재하는 우주가 충돌하여 평행선 서점을 통해 연결된다는 설정은 좀 더 확장적인 다중우주론의 개념에 기반한다. 두 우주에서 완전히 같은 법칙에 따라서 동일 사건이 벌어지는 게 아니라 여러 세계의 법칙은 다를 수도 있고, 그 때문에 수없이 많은 가능한 결과가 각각의 우주에서 실현되기도 한다. 이 소설 〈평행선 서점의 방명록〉에서는 평행선 서점을 통해 연결된 세계들이 10년의 시간차에 따라 유사 궤도를 도는 것처럼 보이지만, 그 안에서 일어나는 일들은 완전히 동일하지 않고 묘하게 차이가 난다. 첫 번째 방명록은 로버트 F. 영의《민들레 소녀》처럼 과거의 상실을 그리워하는 성운이 중심이 되는 사연이지만, 다른 팀원들인 장민, 은하, 우다도 개별적으로 팀에 참여하게 된 사연이 있고, 그들의 이야기는 또한 각각의 우주에서 펼쳐질 것이다. 이 소설이 계속된다면, 새로운 우주가 더해지거나 관측될 수도 있겠다.

사실 평행선 서점이라는 공간은 이 소설이 나올 수 없었던 현실 논리 속에서 생겨난 것이다. 소설에 대한 구상을 떠올리고, 막상 작품을 쓰기까지는 시간이 좀 걸렸다. 처음에 내가 이 아이디어를 평소에 잘 아는 편집자들에게 신나서 떠들었을 때, 그들은 회의적인 반응을 보였다. 가스라이터, 정체성 도둑, 딥페이크 범죄에 대한 미스터리나 스릴러가 쏟아지던 시기였다. 가장 의문시되었던 건 팀 에이버스의 동기였다. 누군가, 그것도 여러 사람이 이렇게 애써서 타인을 위해서 새로운 세계를 만들어준다고? 왜, 무슨 이유로? 금전적 동기라거나 복수와 같은 악의에 기인한 동기는 쉽게 설명이 된다. 어떤 독자도 그를 의심하지 않는다. 하지만 남을 돕기 위해서 이렇게 고생을 마다하지 않는다니 여기에는 설명이 필요하다는 말이었다. 편집자들은 대중의 주목을 받기 위해서는 인물들의 동기가 좀 더 확실하고 강렬하며, 악의가 있어야 한다는 조언을 성심껏 해주었다.
하지만 나는 미스터리를 쓰면서 행동적 동기로 악의를 내

세운 적은 많지 않았다. 내가 썼던 인물들은 대부분 타인을 도우려는 선의, 누군가에 대한 애정, 실수를 돌이키고 싶은 마음 때문에 행동한다. 앞으로의 일은 장담할 수 없지만, 계속 이런 작품을 쓰고 싶다. 나는 선의가 악의보다 덜 재미있다거나 강력하지 않다는 말에도 쉽게 동의하지는 않는다. 누군가 그저 타인에게 좋은 일을 하기 위해서 수고를 들일 수도 있지 않을까? 자신이 가진 능력을 남을 구하기 위해서 쓸 수도 있지 않을까? 그저 사랑, 우정, 인류애 때문에 움직일 수도 있지 않을까? 그게 내가 존재하는 우주에서는 직접적 이익을 산출하지 않는다고 해도 말이다. 이런 관념은 보통 순진하다는 말을 듣지만, 사실 선의는 사람들이 이처럼 쉽게 이해하지 않기에 더욱 복잡하고 정교한 개념이다. 그래도 선의에도 감정적 동기는 있어야 하기에, 팀 에이버스 시리즈에서는 평행선 서점 너머 다른 세계에서 일어난 상실을 가정했다. 그들의 작전은 잃어버린 상실을 회복하고자 하는 상상력에서 우러난다.

이론적 얘기는 살짝 접어두면, 이 평행선 서점—팀 에이버스 스토리에서 사용된 우주의 개념은 영화 〈라라랜드〉나 사카모토 유지의 드라마 〈콰르텟〉 또는 〈오오마메다 토와코와 세 명의 전남편〉에서 사용된 상상 장면과도 맞닿아 있다. 우리가 갈 수 있었지만 가지 못한 길. 혹은 이루고 싶었지만 이루지 못한 일. 오랜 연인과 헤어지지 않고 같이 춤추는 우주, 짝사랑하는 상대와 마음이 통해서 손을 잡고 음악회에 가고 아이스크림을 함께 먹는 우주, 첫 남편과 이혼하지 않고 가족으로 함께 살아갔던 우주에 대한 상상들. 사람들이 이런 이루지 못한 일에 대한 후회와 아쉬움으로 소설과 영화, 드라마를 만들 수 있다면, 우주 하나 정도는 만들어내지 못할 건 뭔가? 아니, 그 우주는 만들어낸 게 아니라 이미 어딘가에 존재하고 있다. 다만, 우리 눈에 보이지 않을 뿐. 또 하나의 우주에서는 우리는 잃어버린 기회, 잃어버린 사람을 다시 만났을 수도 있다. 그 삶이 더 행복하다고는 단언할 수 없지만, 나는 그 상상을 하면 현재의 우주 안에서도 약간은 덜 슬퍼진다.

이 소설 〈평행선 서점의 방명록〉을 읽는 방법도 각자의 우주에 다르게 존재한다. SIDE A는 다른 우주에서 온 의문의 쌍둥이를 만나 가스라이팅에서 벗어나는 수현의 이야기이다. 고전 추리와 환상소설의 설정을 섞었다. SIDE B는 이 여성을 돕는 의문의 스쿼드 팀 에이버스에 관한 스토리로, 그들은 다른 우주에 존재하고 있다. 여기서는 현실 논리가 강화되며, 미스터리에 가까워진다. SIDE A-B는 그 둘 사이에 존재하는 이야기로, 어느 우주에서 실제로 일어난 사건일 수도 있고 누군가의 바람이 만들어낸 상상일 수도 있다. 여기에는 낭만적 로맨스가 있다. 이 모든 면이 다 조립된 소설을 읽는 사람도 있을 것이며, 자매애에 초점을 맞추기 위해서는 SIDE A만으로도 충분하다고 느끼는 사람이 있을 것이다. 누군가는 평행세계의 팀 에이버스의 존재는 여전히 미지의 상태로 남겨둔 채, SIDE A와 A-B만으로 이루어진 우주를 선호할 수도 있을 것이다. 팀 에이버스의 활약상에 중심을 둔 장편소설이 된다면, SIDE B의 이야기가 맨 먼저 보이거나 맨 나중에 드러날 수도 있을 것이다. 어떤 순서, 어떤 조합이든지 이 또한 모두 각자의 선택이다. 우리의 우주를 만드는 각자의 선택, 그리고 각 이야기는 그저 우리가 우연히 중첩되어 엿볼 수 있는 또 하나의 삶, 어나더 라이프이다. 그 어떤 세계, 그 어떤 삶에서는 당신이 이 이야기를 좋아해주었으면 하는 바람이다.

전지적 루돌프 시점

이윤정

“그 물은 차라리 평화로웠어요. 두려움 따위는 이승에 두고
왔으니까요.”

한껏 멋을 부리며 말을 뱉었지만 언제나처럼 간이 쪼그라
드는 느낌이었다. 여자와 대화할 때는 절대로 긴장의 끈을 놓
아서는 안 된다. 나는 얼른 로잘린의 표정을 살폈다. 로잘린이
란 이름 때문에 파란 눈에 금발인 백인 여성을 떠올릴 수도 있
겠지만 그녀는 검은 눈동자가 반짝이는 전형적인 동아시아 출
신의 30대 여성이었다. 나는 그녀의 눈썹이 아주 살짝 찌그러
졌다 도로 펴지는 순간을 놓치지 않았다.

자랑거리는 아니지만 난 여자 표정을 읽어내는 쪽으로는
거의 전문가라 할 수 있다. 7,860여 종쯤으로 추산되는 변화무
쌍한 표정을 총동원하여 나를 압박하는 세 명의 여자들과 함께
1만 1,207일을 살아냈으니까. 눈썹이 찌그러진 다음에는 십중
팔구 입술이 움직이기 마련이다.

“물이 어떻게 평화롭니. 물은 그냥 수소 원자 두 개와 산소
원자 하나로 이뤄진 분자일 뿐이야. 이제는 아는 인간, 모르는

인간, 동물, 식물, 물건도 모자라서 물질까지 네 감정의 쓰레기통으로 삼을 생각이야? 오케이, 거기까진 좋은데 최소한 모국어 문법에 대한 예의는 지켜줄래?”

그 순간 내 머릿속에 침입한 건 둘째 누나였다. 태국 글자처럼 춤을 추는 눈썹과 자기 소리의 파형만큼이나 빠르게 움직이는 입. 둘째 누나는 대학 부설 어학원에서 외국인들에게 한국어를 가르치는 강사였다. 누나는 친절하게도 매번 나의 한국어를 교정해주었다.

“그럼 역시 높은 데서 떨어지는 부분이 제일 무서운 건가? 도대체 어디서 그런 용기가 나? 생각할수록 대단하다니까. 나 같으면 엘리베이터에서 내리지도 못하고 도로 왔을 거야. 현재 군은 이런 데서 썩기엔 정말 아까운 인재야.”

로잘린의 목소리가 둘째 누나의 기억으로부터 나를 구출해줬다. 로잘린은 이곳의 권태로운 일상이 지겹다고 했다. 그래서인지 자살에서 납치로 이어지는 나의 입사 스토리에 언제나 눈빛을 반짝였다. 살면서 내 얘기에 관심을 갖는 사람을 만나본 적이 없어서 그녀와 이야기하다 보면 나도 모르게 흥이 났다.

“무섭기로는 루돌프가 끄는 썰매에 태워졌을 때가 훨씬 무서웠죠. 꿈에 그리던 삼도천에는 발도 못 담가보고 얼굴에 복면까지 씌워진 채로 어디로 끌려가는지도 몰랐으니까요. 이렇게 죽는 건가 하는 생각과 이러다 죽지도 못하는 건가 하는 생각이 오락가락하는 게 아주 죽을 맛이더라고요.”

우리는 산타파파 물류센터의 사무동 3층에서 함께 근무했다. 로잘린의 등 뒤에서 반짝이는 창문은 마치 커다란 TV 화면 같았다. 그녀는 사무실 뷰가 좋다는 게 이 회사의 유일한 복지라고 했다. 크리스마스 특집 애니메이션의 한 장면 같다나. 하얀 눈이 소복이 쌓인 과자로 만든 집—처럼 생긴 물류 창고—주변을 원뿔 모양의 전나무들이 열 지어 둘러싸고 있다. 가슴에 GSP(Great Santa Papa) 마크가 새겨진 빨간 유니폼을 입은 요정, 아니 직원들이 선물 상자를 들고 전나무 사이사이 창고 출입구를 쉼 없이 들락날락한다.

멀리서 보면 참 따뜻하고 정겨운 모습이었다. 짐작했겠지만 이곳은 산타 마을이다. 전 세계 아이들이 1년 내내 기다리는 크리스마스이브. 산타와 그의 특별한 동물 친구 루돌프가 온 세상 아이들의 머리맡으로 선물을 배달한다는 동화 같은 이야기. 그게 사실이었다. 알려지지 않은 게 있다면 그저 두 주인공의 믿기 힘든 영웅 놀이 뒤에 보이지 않는 사람들의 고된 노동이 있다는 것뿐. 산타와 루돌프 대신 고객의 니즈를 파악하고 선물을 선별, 생산, 분류, 포장, 출고하는 일을 담당하는 사람들이 따로 있다. 나를 포함해서 그 일을 하는 사람들이, 요정들 말고, 여기 산타 마을에 산다. 엄밀히 말해서 '살아 있다'고 할 순 없지만.

그때, 물류 썰매들 위를 날아다니며 출고 상황을 감독하던 루돌프가 이쪽으로 고개를 돌리는 것을 본 것 같았다. 아니 봤다. 다행히 루돌프와 눈이 마주치기 직전 가까스로 시선을 피할 수 있었다. 우리 얘기를 들은 건 아니겠지. 시간을 접어서 달리는 초능력이 있다고 청력까지 좋으리란 법은 없으니까.

"오, 난 그 부분이 제일 재미있더라. 스릴 있어. 이승에 대한 미련을 버린 채 스스로 목숨을 끊은 주인공이 마침내 삼도천을 건너려는 순간, 알 수 없는 세계로 납치되고 만다……. 앞으로 무슨 일이 펼쳐질지 너무 기대되잖아."

로잘린은 등 뒤로 꽂히는 루돌프의 시선 따위는 느끼지 못한 채 내 이야기에 푹 빠져 있었다. 하지만 나는 언제 루돌프가 이쪽으로 날아와 그 볼록하고 시꺼먼 눈을 들이댈지 몰라 무서웠다. 할 수 있는 건 모니터에 머리를 처박고 업무에 집중하는 척하는 것뿐이었다. 로잘린은 내가 대화 중에 갑자기 고개를 돌려버리자 당황하는 기색이었다. 남자답게 보이지 않겠지만 어쩔 수 없었다. 루돌프를 볼 때마다 도저히 잊을 수 없는 공포가 생생히 나를 덮쳐오는걸.

••

편입학원 건물 옥상의 출입문이 열려 있다는 사실을 알게 된 건 짝사랑하던 여학생 때문이었다. 고백도 못하고 속앓이만 하느라 몇 달째 수업에 집중도 안 되고 공부도 안 되던 참이었다. 죽이 되든 밥이 되든 고백은 해보자 싶어 하루 종일 그녀의 뒤를 따라다니기를 며칠, 마침내 그녀가 옥상 문을 열고 나가는 때를 포착했다. 나는 잠시 문 뒤에 서서 해야 할 말을 고르고 미리 한 번 한숨도 내쉰 뒤 마침내 그녀를 향해 찬란한 걸음을 내디뎠다.

그리고 보았다. 보지 말아야 할 것을. 그녀와 한 남자가 격렬하게 포개어져 있는 장면. 두 사람의 입술이 빈틈없이 밀착되어 있는 동안 그 남자의 손은 그녀의 가슴께를 지나 아래로 아래로 질주하고 있었다. 그녀는 결코 피하지 않았다. 처음이 아닌 것처럼. 조금의 수줍음도 없이. 그 길로 그녀에 대한 마음을 깨끗이 접었다. 아무렇지도 않았다.

그 옥상을 다시 찾은 건 그로부터 10년도 넘게 흐른 뒤였다. 왜 그곳을 내 마지막 장소로 선택했을까. 떨어질 만한 데로 아는 곳이 거기뿐이라서? 편입시험 실패에 대한 원망과 후회가 남아서? 막상 죽으려고 생각하니 숨어 있던 리비도가 마구 끓어올라서? 아니면 아무리 생각해봐도 그녀만이 내 진짜 사랑이었어서?

맹세컨대 죽을 때는 결코 그녀를 떠올리지 않았다. 지금에 와서 그녀 이야기를 하는 건 모두 루돌프 때문이다. 루돌프만 아니었다면 내가 자살을 실행한 순간은 영원히 승리의 기억으로 남았을 거다. 루돌프가 다 망쳐버렸기 때문에 잊고 있던 흑역사가 떠오른 것뿐이다.

그날 옥상 문을 열고 나가 검은색 철제 난간을 밟고 올라서는 순간까지 나는 망설임이 없었다. 그때만큼은 오롯이 혼자였다. 결심을 하고 나니 비교할 사람이 없었고, 눈치 볼 사람이 없으니 태어나 처음으로 자유로웠다.

부웅. 하늘을 향해 몸을 던진 순간, 날아오르는 것은 잠깐이었다. 중력의 법칙이란 게 있으니 언젠가는 내려갈 수밖에 없다는 건 알고 있었지만 좋은 기분이 그렇게까지 잠깐일 줄은 몰랐다. 퍼억. 땅바닥과 다시 만나 죽을 듯한 고통을 느낀 것도 잠시였다는 게 유일한 행운이랄까. 나는 즉사했고 다시 또 어딘가로 떨어졌다. 흔히들 죽으면 하늘나라로 올라간다고 하는데 나는 왜 이렇게 내려가기만 하는 걸까. 끝없이 떨어지는 감각은 무뎌지지도 않았다. 이럴 거면 죽지 말걸 냅다 후회가 밀려올 때쯤 한없이 검고 커다란 물이 보이기 시작했다. 묻지 않아도 알 수 있었다. 삼도천이었다.

삼도천의 아우라는 압도적이었다. 순도 100퍼센트의 암흑이면서 가장 빛나는 물질이었다. 저기로 떨어지는 건가? 삼도천은 원래 쪽배 같은 거 타고 건너는 거 아니야? 이승의 그 무엇과도 닮지 않은 무한함이 공포로 다가왔다. 이러다 삼도천에 오줌이라도 지렸다간 죄가 더블이 될 거 같은데.

조금만 더 떨어지면 삼도천에 닿을 것 같았다. 그 물에 닿으면 익을지 녹을지 얼어버릴지 전혀 가늠이 안 됐다. 그리고 다음 순간 나는 분명 어딘가로 떨어졌다. 액체가 아닌 물컹한 유기체. 하늘을 나는 유명한 사슴의 등으로. 루돌프 등에 빨래처럼 걸린 채 나는 공중으로 치솟아 올랐다. 끝없이 떨어지는 감각이 공포의 끝이라고 생각했는데 하늘로 솟구치는 감각이 그보다 훨씬 무서웠다. 벌벌 떨고 있는 나를 비웃듯 어디선가 호탕한 웃음소리가 들려왔다. 고개를 돌려 웃음소리의 주인을 확인하려는 순간 시커먼 복면이 내 머리를 덮쳤다.

"허허허. 잠시만 참아주게. 산타 마을로 가는 길은 누구에게도 공개할 수 없거든."

어느새 나는 산타파파 입사지원서에 사인을 하고 있었다. 공손하게 앞으로 모아진 양손은 케이블 타이에 묶여 있고 오른손에는 억지로 만년필이 쥐어져 있었다. 내 이름 첫 자의 초성 ㄱ으로 시작해서 가운데 글자의 ㅎ, 마지막 ㅐ를 겨우겨우 그려낼 때까지. 그 몇 초가 영원 같았다. 편입학원 옥상에서 뛰어내린 후 삼도천에 닿기 직전까지의 길고 긴 추락도 이보다는 짧게 느껴졌던 것 같다. 나에게 남아 있는 시간을 끝장내버리고 싶어 그 높은 난간을 뛰어넘었는데 어쩌다 이렇게 시간의 연옥에 갇혀버렸을까.

그곳에서 나는 가장 사적인 영역을 침범당했다. 고개를 돌리면 당장이라도 그 짐승의 얼굴에 닿을 듯 가까운 거리. 이승에서는 본 적도 없는 사슴이란 짐승의 단단한 무게. 빨간 코가 내뿜는 콧김이 오른쪽 목덜미에 와 닿을 때의 불쾌한 온도. 괴상한 캐럴을 읊조리며 내던 흥흥 소리까지. 그의 튼튼한 두 앞

발이 내 보잘것없는 허벅지를 짓누르며 점점 더 깊은 골짜기를 향해 거침없이 다가오는 동안 나는 모든 감각을 동원해 그 순간을 기억했다. 기억하는 것 말고는 아무것도 할 수 없었기에 그것만이라도 제대로 해내야 했다.

루돌프의 대가리는 그의 두 앞발이 저지르고 있는 짓과는 무관한 척 아무렇게나 방 안 이곳저곳으로 시선을 돌려댔고, 맞은편 멀찍한 자리에 부처 같은 미소를 지으며 앉아 있는 산타는 지금 테이블 밑에서 일어나고 있는 일을 절대로 문제 삼아선 안 된다고 말하는 듯했다.

살면서 수치스러운 순간을 수없이 겪었지만 인간이 아닌 것들에게까지 지배당한 적은 없었다. 나는 어서 빨리 그 짐승의 털 달린 발이 내 몸의 가장 취약한 부분에서 멀어지기만을 바라고 또 바랐다.

••

어쨌거나 로잘린의 말을 무시한 건 무례했다는 생각에 마음이 불편했다. 트라우마 때문에 어쩔 수 없었다고 해명하고 싶었지만 수치심이 허락하지 않았다. 그사이 내가 아는 어떤 목소리가 또 한 번 머릿속을 파고들었다.

"저거 봐. 또 남의 얘긴 안 듣고 지 생각만 하고 자빠졌네. 막내라고 오냐오냐 해줬더니 아주 예의라곤 쌈 싸먹고 똥으로

다 싸지른 거니? 우리 엄만 아들 저따위로 키워갖고 어디다 내놓으려고 그러는 걸까? 엄마! 저런 애를 집 밖에다 내놓는 건 불법이에요. 얘는 한국 사회, 아니 인류의 집합적 가치를 떨어트린다고요! 애 좀 제 방에 가둬놓고 문을 잠가버리든가아아아!"

이번에는 첫째 누나였다. 누나는 어려서부터 동네에서 목청이 크고 입이 걸기로 유명했다. 지금은 재주를 살려서 미술품 경매사가 됐다. 내가 그 경매에 참여한다면 집 팔아서 플라스틱 요강을 사 들고 올지도 모른다. 팔 집이 없어 다행이지만.

"이거 먹고 해."

이번에도 로잘린의 목소리였다. 나 자신을 오염시키는 기억으로부터 또다시 나를 구해줬다. 그녀는 내 무례를 지적하는 대신 초코바 하나를 내 앞으로 밀어줬다. 그 목소리에 아쉬움이 묻어 있었다. 내 이야기를 좀 더 듣고 싶은 모양이었다. 나도 그랬다. 로잘린이랑 조금 더 얘기하고 싶었다.

그녀는 나를 주인공이라고 불러준 유일한 사람이었다. 나는 단 한 번도 내 인생의 주인공이었던 적이 없었다. 조연도 아닌 단역이었다. 어쩌다 단 한 장면에서라도 신 스틸러가 되어서는 안 되는 행인2. 행인3일 수도. 아니 4인가.

••

나는 아버지 없는 집안의 장남이었다. 같이 살진 않지만, 누나들에게는 아빠가 있었다. 두 누나의 아빠가 각각 다른 사람이긴 했지만 성도 있고 이름도 있는 두 명의 남자가 존재했다. 진짜로 아빠가 없는 건 나뿐이었다. 내가 집요하게 아빠에 대해 물으면 엄마는 둘째 누나네 아빠가 내 아빠이기도 하다고 했다.

"근데 왜 둘째 누나한테만 편지가 와?"

"네가 내 뱃속에 있을 때 헤어져서 아빠가 널 잘 몰라서 그래."

"내가 태어났다는 걸 모르는 거야, 내가 자기 아들이라는 걸 모르는 거야?"

"네 아빠가 뭘 모르는지는 엄마도 모르지."

"엄마가 아빠한테 말해주면 안 돼?"

"안 돼. 아빠 멀리 해외로 일하러 갔어."

그때 나는 초등학교 2학년이었다. 1학년이었다면 엄마 말을 믿었겠지만 2학년은 다르다. 내 진짜 아빠는 다른 사람일 거다. 아빠는 나의 존재 자체를 모르고 있을 수도 있다. 엄마가 왜 내 존재를 숨겼는지는 나도 모른다. 한 가지 가능한 추측은, 엄마도 내 아빠가 누구인지 모른다는 것이다. 경비 아저씨와 옆집 할머니가 나누는 대화에서 얼핏 그 비슷한 얘기를 들은 적이 있다. 여러 남자와 자는 여자. '문란하다'라는 표현을 사용했는데 사전을 찾아보니 그게 그런 뜻으로 쓰는 말인 것 같았다.

"그럼 산타는 왜 나만 빼고 누나들한테만 선물을 주는 거야?"

"그건…… 음…… 아, 네가 너무 많이 울잖아. '울면 안 돼 울면 안 돼 산타 할아버지는 우는 아이에게는 선물을 안 주신대' 이 노래 알지? 내년에는 울지 말자. 그럼 꼭 선물받을 수 있을 거야."

앞뒤가 맞지 않는 얘기였다. 내 눈물의 8할은 누나들 때문이었다. 아빠도 없는 어린 동생을 학대하는 누나들에게는 선물을 주고 억울해서 우는 선량한 아이에게는 선물을 안 준다? 산타의 정의에 대해 근본적인 의구심을 품을 수밖에 없었다.

산타는 나를 따로 찾아온 적이 한 번도 없었다. 마치 있다곤 하는데 없는 아빠처럼. 그래도 어린이집 다닐 때는 산타가 찾아와서 선물을 나눠줬는데. 초등학교에 입학하자 아예 코빼기도 보이지 않았다. 기가 막힌 것은 산타가 두 누나에게는 한 해도 빠짐없이 크리스마스이브 밤에 찾아와 선물을 두고 간다는 사실이었다. 기왕 오는 거 내 것도 좀 가져오면 안 되나?

나는 나름의 결론을 내렸다. 정의의 반대편에 서 있는 산타는 존재해서는 안 된다. 그러니 누나들이 받는 선물은 산타가 보내는 것이어서는 안 된다. 그건 누나들에게만 있는 아빠들이 보내는 것이다. 상황이 이런데 엄마가 불쌍한 아들을 방치해서는 더더욱 안 된다. 엄마가 나를 아빠 없는 자식으로 낳았으면 아빠 역할까지 해줘야지! 그러니 난 특별 대우를 받을 자격이 있고 올해 크리스마스에는 엄마로부터 특별 선물을 받아내고 말 테다!

엄마는 항상 자기 직업이 배우라고 말했지만 나는 엄마가 배우 일을 하는 걸 본 적이 없었다. 그 대신 지인이 하는 동대문 옷가게에서 알바를 하면서 우리 셋을 키우고 있었다.

"올해는 네가 이렇게 착한 일을 많이 했으니까 산타클로스가 꼭 찾아올 거야. 엄마 말 믿지?"

그럴 리가요.

"그럼 크리스마스이브에 나랑 둘이서만 외출해. 누나들은 빼고. 그건 해줄 수 있잖아."

엄마는 마지못해 약속을 했다. 나는 어떻게 해서든 백화점 장난감 코너로 엄마를 끌고 갈 생각이었다. 엄마도 엄마인데 양심이 있으면 뭐라도 하나 사주겠지. 내가 백화점 쇼핑백을 들고 집으로 들어설 때 누나들 표정이 어떨지 상상만 해도 너무 짜릿했다.

그렇게 기다리던 크리스마스이브가 찾아왔다. 엄마는 원래 약속을 잘 지키는 사람이 아니었고 누나들은 엄마 말을 잘 듣는 애들이 아니었다. 나는 초조했다. 그럼에도 불구하고 그날은 모든 일이 순조로웠다.

"오늘은 현재랑 잠깐 나갔다 올게. 괜찮지?"

첫째 누나는 이상하게 말이 없었고 둘째 누나는 묘하게 첫째 누나의 눈치를 살피고 있었다. 엄마는 웬일인지 정성스레 옷을 고르고 화장을 했다. 나와의 외출이 기대되기라도 하는 건가. 대충 하고 빨리 나갔으면 좋겠는데 엄마의 콧노래가 길어질수록 마음이 급해졌다.

나는 모든 준비를 마치고 문 앞을 서성이고 있었다. 그러다 혹시 나가기 직전에 갑자기 오줌이 마려울까 봐 걱정돼 화장실에 들어갔다. 누나들이 아무리 욕을 해도 소변은 서서 싸는 게 내 마지막 자존심이었지만 그날만은 얌전히 앉아서 볼일을 봤다. 변기 물을 내리려고 몸을 굽히는데 쓰레기통에 리본 달린 팬티 같은 게 삐져나와 있는 게 보였다. 6학년이 된 첫째 누나는 요새 자꾸 속옷 같은 걸 흘리고 다닌다. 같이 사는 남자에 대한 예의 따위는 안중에도 없는 무신경한 여자.

화장실에서 나오자 엄마가 현관에서 기다리고 있었다. 엄마가 웃으며 손을 내밀었다.

"가자."

나는 안도했다.

"엄마, 언니가 이상해."

둘째 누나의 표정이 심상치 않다. 또 시작이다. 이 여자가 여름부터 준비한 내 크리스마스 선물을 빼앗으려 하고 있다.

"가자…… 나랑 약속했잖아."

나는 엄마 손을 놓치지 않으려 힘을 꽉 줬다.

"금방 올게."

엄마는 너무 쉽게 내 손을 뿌리치고는 누나 방으로 사라졌다.

둘째 누나가 나를 향해 혀를 쏙 내밀었다. 부아가 치민 나는 신발도 벗지 않고 전력으로 누나에게 달려들었다. 기습 공격에 당한 누나는 발라당 뒤로 넘어졌지만 이내 전열을 정비하고 일어났다. 여전히 누나가 나보다 키는 컸지만 올해부터는 나도 힘으로는 누나에게 덤벼볼 만하다는 느낌이 들던 참이었다. 그동안은 확인해볼 기회가 없었지만 오늘이 그날이다.

"누난 제발 좀 빠져!"

기세 좋게 누나의 머리를 향해 주먹을 날렸다.

"뭐야 이 하찮은 자식! 너야말로 낄 데 안 낄 데 구분 좀 해!"

기세로는 누나를 이길 수 없었다. 누나는 가볍게 내 주먹을 피하더니 잽싸게 무기를 집어 들었다. 엄마가 오래전에 어느 지역 연극제에서 받았다며 애지중지하는 연기상 트로피였다.

저게 깨지면 끝이다. 크리스마스 선물이고 뭐고 어쩌면 엄마랑 영원히 말도 못 섞게 될지도 모른다. 아니, 확실히 그렇게 될 것이다. 누나는 내가 가장 원하는 것이 뭔지 알고 있었다. 단 한순간이라도 엄마를 독점하는 것. 아들에게만 주어지는 엄마의 특별한 사랑. 간악한 누나는 내 소망을 손에 쥐고 흔들어대고 있었다. 아홉 살 인생에서 단 한 번도 누나를 이겨본 적이 없지만 오늘만은 지고 싶지 않았다. 일단 저 트로피를 뺏어서 안전을 확보한 뒤 반드시 승부를 보고 말겠어.

나는 트로피를 쥔 누나의 손을 향해 달려들었다. 으으으……. 누나의 손가락 마디마디 아래로 내 작은 손가락들을 밀어 넣으려 젖 먹던 힘까지 끌어다 썼다. 빌어먹을 누나의 손가락들은 떨어지려다 다시 붙고 떨어지려다 다시 붙기를 반복하며 약을 올렸다. 결국 나는 악에 받쳐 누나의 손등을 콱 물어버렸다. 누나는 비명을 지르며 트로피를 내동댕이쳤고 누나의 손등에서는 내 잇자국을 따라 빨간 피가 스며 나왔다. 대가리와 몸통이 분리된 트로피가 거실 바닥에 속절없이 굴러가고 있었다. 나는 얼른 부서진 트로피를 집어 들고 숨길 장소를 물색했다. 찬장? TV장? 소파 밑?

그때 엄마가 누나 방 문을 열고 거실로 나왔다. 엄마의 시선이 내 양손에 나눠 쥔 토막 난 트로피에 머물렀다. 모든 걸 잃은 듯한 눈빛이었다. 빨개진 눈가와 우왕좌왕하는 걸음이 엄마의 깊은 절망을 말해주고 있었다.

"내가 안 그랬어……."

엄마는 대답 없이 현관으로 향했다. 나는 황급히 쫓아가 신발을 신으려는 엄마를 막아섰다.

"엄마, 같이 가야지."

엄마는 내 말에 중요한 게 생각났다는 듯 방으로 돌아가 첫째 누나를 끌고 나왔다. 나는 첫째 누나의 표정을 보고 당황했다. 누나의 얼굴이 엄마와 꼭 닮아 있었다. 왜지? 왜 엄마 트로피가 깨졌는데 누나까지 절망하는 거야.

“싫어……. 안 갈래.”

“가야 돼. 늦을수록 너만 손해야.”

“무서워……. 선생님이 아무한테도 말하지 말랬단 말야.”

“그 선생인지 개새끼인지 경찰이 잡아갈 거니까 걱정 마. 안 그러면 엄마가 그 새끼 모가지를 꺾어버릴 테니까 넌 아무 걱정 말라고.”

“내 말 안 믿어주면 어떡해…….”

“속옷은? 팬티 어디 있어?”

첫째 누나는 가까스로 화장실을 가리켰다. 엄마는 화장실 쓰레기통에 처박힌 리본 팬티를 꺼내 들고 나와 핸드백에 구겨 넣었다.

“엄마, 나는? 나랑 약속…….”

둘째 누나가 손을 뻗어 내 입을 막았다. 손에서 피비린내가 났다. 엄마는 첫째 누나의 손목을 잡고 문밖으로 사라졌다. 아홉 살 남자로서는 부끄러운 일이지만 울음이 터져 나왔다. 정말이지 꺼이꺼이 울었다.

“으앙……. 왜 나만 빼고 누나랑 가……. 나랑 약속했잖아! 난 아빠도 없는데! 엄마밖에 없는데!”

그러고 나선 그날 어떤 일이 있었는지는 잘 기억이 안 난다. 둘째 누나한테 죽도록 얻어터졌던 것 같긴 한데. 그날 밤늦게까지 첫째 누나와 엄마가 집에 돌아오지 않은 것 같기도 하다. 물론 산타는 그날도 나를 찾아오지 않았다. 누나들을 찾아왔는지는…… 알게 뭐람.

　아무리 생각해봐도 좋은 일이라곤 없던 인생이었다. 집에서는 주인공병 걸린 세 여자의 시중이나 드는 마당쇠였고 학교에선 눈 마주칠 데 없는 빵 셔틀이었고 군대에서는 후임들에게도 무시당하는 관심 사병이었다. 정원 미달의 지방대 정치학과에 입학만 해놓고 인서울 편입시험에만 5년을 바쳤지만 실패하고 유턴해서 9년째 학부생이었던 나. 있으나 마나 한 졸업장에 미련 버리고 취업 시장에 뛰어들었지만 정규직은커녕 1년짜리 기간제 계약직 한 번 얻어본 적이 없었다. 나에게 선택의 기회란 없었다. 결정이란 걸 할 수 없는 인생은 내 것 같은 기분조차 안 들었다.

··

　"그에 비하면 여기 산타 마을의 하루하루는 그야말로 천국 아닌가? 솔직히 말해봐. 살아생전에 입사계약서란 거 구경이라도 해봤나? 감격해야 할 일인데 표정이 아주 멍텅구리 같군. 잘 읽어보게. 이거 일종의 종신 계약이야. 종신 계약을 다른 말로 하면?"
　뭐래.
　나는 최대한 멍텅구리 같은 표정을 유지했다.

"정규직이지! 게다가 이런 글로벌 유통 대기업에서. 이승에선 에어컨도 없는 물류센터에서 상하차 업무나 겨우 해봤을까? 내가 특별히 자네에게는 1년 365일 따뜻한 사무실에 앉아 컴퓨터 키보드 두드리는 일을 배정해주겠네. a. k. a. 사무직. 제 목숨 하나 끝까지 간수하지 못한 한심한 영혼의 인생 역전! 어디 보는 거야? 지금 자네 얘기 하고 있잖아. 이보다 더 좋은 일이 있나? 게다가 삼도천을 건너지 않았으니 정확히는 죽은 것도 아니지."

산 것도 아닌데요.

산타는 더럽게 말이 많았다. 덕분에 입사한 지 한 달도 안 돼서 산타파파의 창업 스토리를 외울 수 있었다.

아주 오래전 산타의 옛 이름은 니콜라스였다고 한다. 그는 지금의 튀르키예 남해안 안탈리아 주 서부쯤에 위치한 리키아의 도시 미라에서 주교 생활을 했다. 젊은 시절 그는 가난 때문에 결혼을 포기하고 사창가에 팔려갈 위기에 놓인 세 자매의 집에 몰래 결혼 비용을 놓고 간 적이 있었다. 우연히 그 일이 알려져 성자라는 호칭을 얻었고 그의 평생의 자랑이 되었다. 그렇게 천수를 누린 뒤 하느님 품으로 돌아간 니콜라스는 이승에 미련 같은 건 하나도 없었단다. 충분히 만족스러운 삶이었기에.

그런데 희한하게도 잊을 만하면 한 번씩 이승에서 자신의 이름이 호명되고 있다는 소문을 듣게 된다. 가난한 사람들을 도와주던 가톨릭 사제와 수녀들이 그의 이름을 자선사업의 상징으로 내세우곤 하는 일이 100년에 한 번씩 반복된 것이다. 그러다 보니 호승심이라고 해야 할까 자부심이라고 해야 할까 하여튼 이승의 일에 관심이 가기 시작했단다. 아무것도 안 했는데 주인공이 된 기분이 나쁘지 않았거든.

심지어 17세기에는 아메리카 신대륙으로 이주한 네덜란드 사람들이 아예 자신의 이름을 '자선을 베푸는 사람'이라는 의미로 사용하면서 성 니콜라스의 네덜란드어 발음인 신터 클라스가 영어의 보통명사로 편입됐다. 니콜라스는 이름을 뺏긴 건지 이름을 날리게 된 건지 헷갈렸다. 결국 19세기에 이르러 크리스마스가 종교를 넘어 전 세계적으로 알려지기 시작할 즈음 본인 이름의 사업성을 스스로 개발해야겠다고 마음을 먹었다.

"내 이름을 보통명사로 아무렇게나 쓰게 놔둘 순 없었지. 그때 난 다짐했어. 예수님 다음으로 유명한 고유명사가 될 거라고."

그는 이승과 저승, 이 나라 저 나라에서 조금씩 다르게 부르고 있던 이름부터 하나로 정리했다. 산타클로스. 크리스마스와 클로스는 두음이 같아 회사의 초기 브랜딩을 효과적으로 끌고 갈 수 있으리라 판단했다.

"크리스마스 하면 산타클로스, 산타클로스 하면 크리스마스. 전략은 대성공이었지. 그런데 마케팅이 너무 빨리 잘된 게 한편으로는 부작용이 있었어. 처음에는 여기서 가까운 알래스카 쪽에서 시작해서 북미 쪽으로 배송을 시작했거든. 하지만 루돌프가 아무리 빨리 날아도 크리스마스이브 하룻밤 안에 돌 수 있는 지역이 한계가 있더라고. 게다가 여기 물류팀에서는 크리스마스이브 딱 하루에 맞춰서 배송 준비를 다 마쳐야 하니 찬 바람 불기 시작했다 하면 삼교대도 모자라서 철야 근무를 반복하니까 여기저기서 곡소리가 나고 실려 나가고, 몇몇은 삼도천 건너보내고, 겨울 한철 근무하러 오는 직원들 전문성도 떨어지는데 오겠다는 사람도 없어지고…… 창업하고 몇 년은 생난리통이었다고."

산타는 본인의 어려웠던 시절 추억에 잔뜩 취해 있었다.

"이렇게 죽을 둥 살 둥 일을 해도 커버하는 지역이 좁으니까 웬만한 동네에서는 산타 선물 받아봤다는 애가 한 명도 없는 거야. 이미 전 세계적으로 소문은 다 퍼뜨려놨는데 말이지. 스멀스멀 산타 얘기는 개뻥이다, 미국 백화점 상술이다, 이런 소리나 나오기 시작하고. 이러다간 애써 쌓아놓은 브랜드 이미지 다 깎아먹고 망할 수도 있겠다 싶더라고. 이럴 때 필요한 게 뭐다? 기술 개발. 기술이 어디 있겠어? 저어기 위."

저기 위? 어디? 삼도천 건너면 있는 거기? 내가 끝내 가보지 못한 곳? 그런 곳을 편하게 드나들 수 있다는 소리에 약이 올랐다. 왜 내가 갖지 못한 것들을 남들은 저렇게나 쉽게 갖는 거지.

"위에 가서 컨퍼런스 참가하고 컨설팅도 좀 받고. 알지? 스타트업하면 다들 거쳐 가는 거. 그 당시에 이쪽에서 제일 얘기가 많이 나오던 게 시간을 굴절시키는 기술이었어. 신기술이니까 관심은 가는데 다들 그걸 어디에 써야 할지 잘 몰랐지. 근데 난 무릎이 탁 쳐지더라고. 이거다! 이걸로 모든 게 해결되겠어!"

되는 놈은 따로 있다더니. 난 그걸로 뭘 해결할 수 있는지 선뜻 짐작이 가지 않았다.

"기술적인 걸 설명해봐야 자네 수준에 이해하긴 힘들 테니까 비유적으로 얘기해줄게. 말하자면 여기, 산타 마을과 이승 사이에 프리즘 같은 걸 놓는 거야. 빛이 프리즘을 통과하면 어떻게 돼? 무지개처럼 싸악 퍼지지. 반대로 볼록렌즈로 빛을 모으면 한곳으로 쫙 모이잖아. 돋보기로 잠자리 날개 안 태워봤어? 아무튼 이곳의 시간과 이승의 시간을 필요에 따라 펼쳤다 접었다 할 수 있다는 이야기더라고."

산타는 내 계약서를 탁 뒤집더니 거기다 부채 모양을 여러 개 그렸다. 그리고 각 부채의 꼭짓점 부근에 렌즈 모양을 그렸다. 렌즈 가운데서 직각으로 선을 쭉 긋더니 'nnnn년 12월 24일'이라 쓰고, 부채꼴의 둥근 면에는 'nnnn년 nn월 nn일'을 여러 번 반복해 썼다.

"쉽게 말하면 산타 마을의 하루하루는 부채꼴의 가장자리로 둥글게 술술술 흘러가는데 우리가 배송을 나갈 때는 특정

해의 크리스마스이브로 길이 좁혀지는 거야. 그렇게 해서 한 해의 배송이 완료되면 우리는 다음 날 곧바로 다음 해의 크리스마스로 배송을 시작해. 부채를 바꾸는 거야. 요즘에는 대략 280일 정도면 한 해 배송을 마치거든? 이렇게 계산하면 281일째에는 다음 해 크리스마스로 배송을 하게 되잖아? 그럼 내가 이 사업 시작한 지 100년이 넘었으니까 지금 우린 120년 뒤 미래로 배송을 하고 있나? 아냐. 현실은 안 그래. 이 기술 처음 도입했을 때는 한 해 배송 마치는 데 막 4년, 5년도 넘게 걸렸어. 물류센터 인력도 모자라고 사슴 썰매 속도도 지금보다 느렸고. 그러다 보니까 오히려 과거의 크리스마스로 배송을 하게 됐었지."

이쯤 되니 슬슬 졸음이 왔다. 산타는 직원 한 명 한 명이 회사의 역사와 운영 구조까지 속속들이 알아야 한다고 생각하는 모양이었다. 사장님, 그것은 결코 도달할 수 없는 이상입니다.

"문제는 여기랑 이승이랑 시간 차이가 많이 나니까 트렌드가 좀 안 맞더라고. 직원들이 살아보지 않은 시대로 선물을 보내려니 애들 맘이 이해가 안 되는 거지. 그래서 일단 배송 속도를 올리는 데 최선을 다했어. 시차를 따라잡아야 되니까. 물류랑 배정 인력을 대폭 확대했지. 삼도천 앞에 부스 열어놓고 'GSP 취업설명회'라고 써 붙이니까 죽을 길 찾아가던 사람들이 쭉쭉 이쪽으로 넘어오더라고. 근데…… 언젠가부터 구직자가 뚝 끊기더라? 사람들이 일 안 할 생각만 해. 일하느니 죽겠다 이거지."

주말도 공휴일도 휴가도 없고, 심지어 인센티브도 없는 근무 조건을 현대인이 왜 받아들입니까.

"그러다 보니 자네 같은 인재를 리크루팅하려면 좀 다른 접근이 필요했어. 이해하지?"

리크루팅이라고 했냐, 납치를?

"오늘 나가는 배송은 1994년으로 가니까 이대로면 곧 시차 자체를 없앨 수 있을 거야. 그야말로 사업이 안정권에 들어가는 거지. 그때 되면 내가 우리 직원들 1년에 두어 달씩 휴가 팍팍 주고 근무시간도 줄여줄 거야. 그때까지 조금만 참고 열정적으로! 어? 열과 성을 다해서! 일을 하란 말이야. 그래도 자네는 선물 배정팀이니까 나인투식스 꼬박꼬박 챙기잖아. 워라밸은 이미 최고지."

그러니까 결론은 365일 삼교대로 일하는 물류팀에 비해 아침에 출근하고 저녁에 퇴근은 하는 선물 배정팀에 들어간 걸 감사하라는 것이었다. 그 얘기를 뭘 이렇게 길게 하지.

"네, 무슨 말씀인지 잘 알겠습니다."

솔직히 말하면, 나도 속으로 이 생활 나쁘지 않다고 생각은 하고 있다. 죽기 전의 그 어떤 날들보다.

••

엄마는 아무리 나이를 먹어도 철이 들지 않았다. 문란한 건 모르겠지만 무책임한 건 분명했다. 자꾸만 나에게 꿈을 가지라고 했다. 은근히 내가 꿈이 없어서 실패한 거라고 비난하는 것 같아 그런 말을 들을 때마다 기분이 나빴다.

엄마는 배우로 성공하는 게 꿈이었다고 했다. 실제로 단역으로 몇 편의 영화에 출연하기도 했고, 그중 가장 작은 역으로 출연한 영화는 로테르담 영화제에 출품되기도 했단다.

엄마가 술만 먹으면 반복하는 이야기가 하나 있었다. 자기도 레드카펫을 밟을 수 있었는데 제작사 사장이 쪼잔해서 비행기 값 대주기를 거부했다는 거다. 어느 날은 엄마를 꼭 데려갈 것처럼 말해서 하마터면 같이 잘 뻔했다고까지 했다. 그랬다 한들 결국은 안 데려갔을 새끼라고. 어떻게든 로테르담까지 갈 수만 있었다면 외국 영화 관계자들 눈에 들어서 성공할 수 있었을 텐데 그 새끼가 다 망쳤다며 매번 실명으로 욕을 해대서 나도 그자의 이름을 똑똑히 기억한다. 그 이름은 먼 훗날 칸 영화제에서 뭔지는 몰라도 대단한 상을 수상한 어느 작품의 감독과 똑같았는데 그저 동명이인이었던 건지 진짜 그 새끼인지 엄마에게 물어보지는 못했다.

그때쯤 나는 엄마는 물론이고 그 누구와도 육성으로 대화를 하지 않고 있었다. 엄마 집에 있는 작은방에 틀어박혀 지냈다. 꼭 필요한 얘기는 톡으로 했다. 화장실을 가든 밥을 먹든 엄마가 외출을 해야만 방문을 열었다. 엄마가 차려놓은 밥을 먹을 때도 있었지만 대부분은 배달 음식을 먹었다. 나도 그 정도 양심은 있었다. 비록 배달 앱 결제 카드는 엄마 거였지만.

어릴 적 첫째 누나의 말이 저주가 된 것이었을까. 나는 나의 존재가 인류의 집합적 가치를 떨어뜨릴 수 있다는 누나의 우려에 깊이 공감하고 있었다. 나는 잉여인간이었다. 그 누구와도 마주치고 싶지 않았다.

분명한 건 나를 이렇게 만든 건 엄마라는 사실이었다. 엄마에게는 나를 구할 수 있는 마지막 기회가 있었다.

그날은 크리스마스이브였다.

나는 휴가 나온 상병이었다. 다섯 번째 편입시험에 떨어지고 복학 대신 선택한 입대였다. 선임이고 후임이고 죄다 어린 애들뿐이라 위아래 누구와도 말이 통하지 않았다. 그래서인지 오늘이 복귀일인데 갑자기 자대 들어가기가 너무 싫어졌다. 휴가를 줬으면 크리스마스는 밖에서 보내게 해주지 크리스마스 하루 전날 복귀하라는 건 무슨 심보인가. 대대장의 먼 친척의 친한 친구의 아들이라는 어느 일병의 휴가 일정을 조정하다가 아무 상관도 없는 내가 피를 보게 된 것 같다고 짐작했다. 백 없는 사람은 어디 서러워서 살겠나. 결단코 이 불의에 저항하고 싶었다. PC방에 처박혀 시간을 죽이고 있었는데 막상 복귀

시간이 다가오니 무서워서 심장이 터질 것만 같았다. 결국 엄마한테 전화를 걸었다.

"엄마, 좀 있으면 부대에서 전화 갈 거야."

"어? 무슨 일 있어?"

"내가 지금 휴가 나왔다 복귀해야 하는데 진짜로 안 들어가고 싶거든."

"뭐라고? 너 휴가 나왔어? 언제?"

길게 얘기해봐야 엄마가 날 이해해줄 리가 없다.

"일단 내가 많이 아프다고 해줘. 병원에 급히 가야 된다고."

"현재야, 너 어디 아파?"

"아니, 진짜로 아픈 게 아니고. 안 그러면 헌병대에 잡혀가니까 일단 그렇게 얘기해줘. 엄마 배우잖아. 실감 나게 할 수 있지?"

"현재야, 일단 집으로……."

전화를 끊었다. 다시 게임에 집중하려는데 그게 잘 안 됐다. 엄마가 얼마나 연기를 잘할 수 있을지 믿음이 가지 않았다. 부대에서 엄마 말을 안 믿고 헌병대에 신고를 하면 어쩌지. 붙잡힐 때 붙잡히더라도 PC방에서 붙잡히는 건 아니라는 생각이 들었다.

지금이라도 부대로 복귀하는 게 정답이란 건 알고 있었다. 하지만 아는 것의 힘은 약하다. 아는 대로 행동할 수 있었다면 자대 배치 받은 지 일주일 만에 관심사병으로 전락하지는 않았을 것이다.

집에 가 있어야 아팠다는 변명이 반쯤이라도 통하지 않을까. 크리스마스이브인데. 여기 PC방에도 온통 커플들뿐인데. 나도 엄마가 보고 싶었다.

엄마는 나를 보자마자 최애 아이돌이라도 본 듯 소리를 지르더니 두 팔을 벌려 나를 꽉 안았다.

"너무 잘됐다! 크리스마스를 같이 보내게 됐잖아!"

"부대에서 전화 왔었어?"

"어, 왔었지. 걱정 마. 아파서 병원 갔다고 엄마가 잘 말했으니까."

"그 말을 믿어?"

"믿던데? 상황 정리하고 다시 전화 준댔어."

엄마는 활짝 웃었다. 저 웃음을 믿어도 되나? 무책임하게 거짓말하는 거 아니야? 하지만 자세히 묻고 싶지 않았다. 정리가 안 됐으면 또 어쩔 건가. 당장 복귀할 용기는 없었다.

"누나들은?"

나는 조심스레 집안을 살폈다.

"나 찾냐?"

화장실 물 내리는 소리와 함께 첫째 누나가 모습을 드러냈다. 타이밍상 손도 안 씻고 나온 게 분명하다. 더럽기는.

"군대 편한가 봐? 얼굴에 살이 붙었네?"

"어디 살이 붙었다고 그래. 애가 비쩍 곯았구만."

엄마가 첫째 누나의 등짝을 찰싹 내리쳤다. 내 기억에 엄마가 누나들 앞에서 내 편을 들어준 건 그때가 처음이었다.

"배 안 고파."

못 이기는 척 밥상 앞에 앉았는데 난데없이 눈물이 났다. 엄마는 음식을 잘 못했다. 동대문시장은 저녁 장사라 밥해줄 시간도 별로 없었다. 누나들이 해준 밥을 더 많이 먹고 커서 엄마 밥이 특별히 먹고 싶은 적은 없었는데. 오늘은 냄새가 괜찮았다.

"오징어볶음이네."

"웬 오징어볶음?"

오징어볶음은 나만 좋아하는 반찬이었다. 군대라도 가니까 아들 대접을 받는구나. 흰밥에 오징어를 양껏 올려 한입 가득 집어넣었다. 한 입, 또 한 입. 배가 차니까 마음이 조금 풀어지는 것 같았다.

"둘째 누나는?"

"걔는……."

띵동.

벨 소리가 천둥처럼 울렸다. 헌병대가 들이닥친 건가. 나는 후다닥 베란다로 뛰어가 몸을 숨겼다.

"엄마, 쟤 왜 저래?"

"쉿! 가만있어봐."

누나의 입을 막은 엄마는 내 밥그릇과 수저를 조용히 싱크

대에 집어넣고 현관으로 가서 내 신발도 치웠다.

"누구세요?"

대답 없이 똑똑똑.

"누구세요?"

또다시 똑똑똑.

엄마는 한숨을 내쉬고 현관 쪽으로 걸어갔다.

문이 열렸다.

누군가 집 안으로 들어왔다.

"좋은 말로 할 때 어디다 숨겼는지 얘기하시죠."

나는 베란다 안쪽으로 몸을 바짝 붙였다. 어떡하지? 이대로 뛰어내려야 하나. 어디 하나 부러지면 아파서 복귀 못했단 얘기가 진실이 되긴 할 텐데.

"박 서방?"

박 서방? 커튼 틈새로 거실 안쪽을 들여다봤다.

"그년 얻다 숨겼냐고요."

"박 서방, 이러지 마. 다 끝난 사이잖아."

"씨발, 사람 빡치게 하지 말고 빨리 내놔요. 어디다 숨겼어, 여기야? 아님 여기?"

매형은 구둣발로 이 방 저 방을 오가더니 손에 잡히는 대로 물건을 집어던지면서 패악을 부렸다. 사람을 찾겠다는 건지 집 안 물건을 다 부수겠다는 건지 목적을 알 수 없는 몸짓이었다.

"야, 김현재! 어떻게 좀 해봐!"

잘난 첫째 누나가 고작 생각해낸 게 울먹이는 목소리로 나를 부르는 거라니, 실망이다. 알아서 해결할 수 있잖아.

"너도 남자잖아! 어떻게 좀 해보라고."

평생 남자 취급 안 하더니 이제 와서?

"여기 누가 있나 보네?"

첫째 누나의 시선을 포착한 매형이 뚜벅뚜벅 베란다 쪽으로 걸어왔다. 매형은 망설임 없이 베란다 문을 열어젖혔다.

"김미연 어딨냐."

매형이 손을 올리자 반사적으로 눈을 질끈 감았다. 손바닥도 모아지고 무릎도 땅에 닿은 것 같았다.

"죄송해요. 군대 있다가 오늘 휴가 나와서 아무것도 몰라요. 저 누나랑 안 친한 거 아시잖아요."

"안 친해도 핏줄이잖아!"

매형의 두꺼운 손이 내 멱살을 잡아 일으켰다.

"아는 대로 불어."

툭툭. 이쪽저쪽 뺨을 때리는 손은 설렁설렁 치는 것 같은데 맞는 나는 미치게 아팠다. 며칠 전에도 맞은 데야, 이 개새끼야. 이게 싫어서 도망쳤는데 여기서 또 처맞고 있네.

"그만해, 이 미친놈아!"

둘째 누나의 목소리였다. 언제부터 들어와 있다 이제야 말리는 거야. 그래도 그 목소리가 이토록 반가운 적은 처음이었다.

"미연아!"

매형은 둘째 누나를 보자마자 나를 내팽개치고 달려가더니 쉽게도 무릎을 꿇었다.

"미안해, 잘못했어. 이거 내가 다 치울게. 네가 연락이 안 되니까, 네가 내 눈앞에 안 보이니까, 막 돌겠더라고. 내가 뭐에 씌었나 봐."

"이혼한 전부인 연락 안 되는 게 정상이지, 매일매일 삼시 세끼 뭐 먹었는지 배변은 잘되는지 전화 주고받는 게 정상이야? 정신 차려, 우리 이제 가족 아니야. 법적으로나 심적으로나 완전히 청산된 관계라고. 크리스마스에 남의 집 쳐들어와서 이게 무슨 행패야, 깡패 새끼도 아니고?"

이 상황에서도 둘째 누나의 입은 재능을 감추지 않았다. 저러니 이혼을 당하지…….

"이혼이라니? 그거 내가 미쳐서, 잠깐 정신이 돌아서 아무렇게나 한 말을 진심으로 들으면……. 아이 씨발, 내가 안 한다 그랬잖아!"

말끝에 목소리가 커졌다. 매형은 언제 무릎을 꿇었었냐는 듯이 벌떡 일어나 나에게 그랬던 것처럼 누나를 향해 큰 주먹을 치켜들었다.

"112!"

엄마의 목소리가 허공을 갈랐다.

"112 신고했어. 경찰 오고 있으니까 이제 그만해. 지금부터 딱 한 번만 더, 우리 애 털끝 하나라도 건드렸다간 경찰 신고로 안 끝나. 자네 그 잘난 대기업 직장 앞으로 내가 매일매일 출근할 거야. 피켓에다 시뻘겋게 이름 써갖고 가정폭력범에 스토커, 인간 말종이니까 당장 해고하라고, 비가 오나 눈이 오나 자네 시원하게 잘릴 때까지 1인 시위할 거야. 그래도 괜찮겠어? 먹고살 만해?"

엄마의 기세는 무서웠다. 하긴, 누나들이 누구 자식인데. 매형은 놀란 듯 뒤로 물러섰다. 고소하다, 덩치만 큰 졸보 놈아. 정의는 승리하기 마련이지. 그러다 문득, 중요한 사실이 떠올랐다.

"엄마, 진짜로 경찰 불렀어?"

"불렀다니까?"

엄마의 목소리에는 짜증마저 섞여 있었다. 뭐야, 왜 이 불똥이 나한테 튀어. 나 지금 군무 이탈 중인데 이 상황에 경찰이 들이닥치면 어떻게 되는 거지? 엄마는 생각이라는 게 있나? 아까 내가 그렇게 맞고 있을 때는 아무것도 안 하더니 저 인간이 둘째 누나 앞에서 소리 좀 지른 것 때문에 버튼이 눌려서 이 사달을 일으킨 거야?

경찰이 오면 어떻게 되는 건지 빨리빨리 계산이 서지 않았다. 엄마 말대로 부대에서 상황 정리 중인 거면 아무 문제없을 수도 있다. 하지만 만에 하나 경찰이 수상한 낌새를 챈다면? 베테랑 수사관이 추궁하면 거짓말을 이어갈 수 있을까? 누나들의 입을 막을 수 있을까? 일단 여기서 나가자. 크리스마스에 가족과 있어서 뭐 하게. 크리스마스 아니면, 가족 따위 뭐 하게.

　나는 빠른 결단으로 집을 나와 경찰이 집으로 올라오기 직전 아슬아슬하게 현관문을 벗어났다. 아래로 내려가자니 남은 경찰이 있을지 몰라 옥상에 몸을 숨겼다. 겉옷을 못 챙겨 나와 추웠지만 섣불리 움직였다간 위험할 것 같았다. 얼마나 기다렸을까. 매형이 경찰차에 실려 먼저 떠나고 뒤이어 엄마와 누나들이 차에 올라타는 게 보였다. 엄마는 차에 타기 전 주변을 살피는 것 같았다. 그게 나를 찾는 몸짓이었는지 그냥 습관적인 행동이었는지는 잘 모르겠다.

　나는 집으로 돌아가서 옷가지와 현금을 챙겨 가방에 넣고 고속버스 터미널로 갔다. 부대로 돌아가지는 않았다. 보름쯤 연고도 없는 지방 PC방을 전전하다 IP 추적에 걸려 헌병대에 잡혀갔다. 얼마간 영창에 갇혀 있다가 자대로 복귀했다. 군 생활은 전과 크게 다르지 않았다. 전역 후에는 엄마 집의 작은방으로 직행했다. 갈 곳이 거기밖에 없다는 게 참담해서 다시는 그 문밖으로 나가지 않으리라 다짐했다.

··

　하루의 시작은 핫초코로 한다.

　로잘린은 산타 마을에 가장 잘 어울리는 음료는 커피가 아니라 핫초코라고 했다. 매일매일이 크리스마스니까. 에그노그나 뱅쇼가 좀 더 세련된 크리스마스 음료 아니냐고 따져볼 수

217

도 있겠지만 사수의 음료 취향에 반기를 들고 싶지는 않았다. 타주는 대로 얻어먹다 보니 어느새 나도 핫초코로 시작하는 하루를 좋아하게 됐다.

"핫초코를 마시면서 할 첫 번째 일은 오늘 안에 선물 배정을 끝내야 할 수취인 리스트를 점검하는 거야. 리스트에 오를 자격은 '산타의 존재'를 믿는지 여부에 따라 결정되고. 너무 낭만 있지 않아?"

처음 업무를 시작하던 날, 로잘린이 웃으며 말했다.

"누가 착한 앤지 나쁜 앤지, 그게 더 중요한 거 아니에요? 〈울면 안 돼〉란 노래도 있잖아요."

"애들이 다 착하지 나쁜 애가 어디 있어. 믿으면 돼. 믿음은 곧 선물. 아멘."

허무한 얘기였다. 아무리 기다려도 안 오길래 안 믿은 거지 처음부터 안 믿었던 건 아닌데. 내 이름이 누락된 것에 대해서 항의해볼 여지가 있었다. 지금 나가는 배송이 1994년으로 가니까, 이곳의 시간상으로 나는 아직 태어나지도 않았다. 내 이름이 들어갈 리스트도 작성되지 않았단 뜻이다. 작업 속도에 따라 다르지만 1, 2년 정도만 지나면 내 어린 시절의 크리스마스로 선물 배송이 시작된다. 이곳에 오게 된 건 운명일까. 만약 리스트가 수정된다면? 산타 선물을 받은 어린이가 되면 내 인생도 조금은 달라지려나. 그런 생각을 하니 막연한 기대감이 생겼다.

하지만 다 죽어서 지난 인생 한번 바꿔볼까 하는 생각도 금세 시들해졌다. 이곳의 일상에 젖어들었기 때문이다. 매일매일이 똑같으니 미래란 것도 없었고 그러다 보니 옛날 생각도 점점 희미해져갔다.

"메리 크리스마스!"

다음 날에도 또.

"메리 크리스마스!"

다음 날, 그다음 날에도. 내가 누구였는지 뭘 원했었는지 머릿속에서 서서히 사라지게 하는 주문, 메리 크리스마스.

"왜 하필 그날이었어?"

로잘린이 물었다. 또 심심해졌나 보다. 그녀는 심심하면 나의 자살-입사 스토리를 물어본다. 몇 번이고 대답해줬는데 처음 듣는 사람처럼.

"글쎄요……. 매일 똑같은 하루였는데 왜 하필 그날이었을까요."

나는 심드렁하게 대답했다. 예전에는 그게 뭐든 로잘린이 물어보면 없는 이야기라도 지어내서 해주곤 했는데.

"그럼 그 옥상은? 자기 집 옥상도 아니었다며. 왜 거기로 정한 거야? 추억이 있는 곳이야? 석양이 아름다웠나?"

"그러게요. 왜 거기로 갔을까. 그냥 문이 열려 있어서 간 거 같은데……."

요즘 들어 나는 완전히 매너리즘에 빠져 있었다.

창밖에는 루돌프가 휘휘 날고 있었다. 이쪽을 쳐다보는 건가. 아닌가. 모르겠다.

"루돌프가 요새 자꾸 우리를 신경 쓰네. 왜지? 인사이동이라도 있는 건가? 모르면 조심해야지 뭐. 일하자, 일!"

로잘린이 루돌프 핑계로 대화를 마무리했다. 일부러 씩씩하게 구는 게 느껴져 조금 미안해졌다. 그녀를 무안하게 하려던 것은 아닌데. 이곳에서 나에게 친절한 유일한 사람인데. 편해져서 그런지 마음과 행동이 다르게 나간다.

나는 오늘의 배송 리스트를 대충대충 넘겨봤다.

GSP의 대외적 모토는 '모든 아이들에게 맞춤형 선물을 제공한다'는 것이다. 하지만 정말로 모든 아이들에게 맞춤형 선물을 제공하려 했다간 업무 효율이 바닥을 뚫고 내려가서 회사가 당장 망해버릴 것이다. 게다가 애들이 원하는 건 다 비슷비슷했다.

그런데 유독 기도나 편지를 통해 특정 선물을 요청하는 아이들이 있었다. 이런 아이들은 스페셜 리스트로 분류된다. 사실 대부분의 선물은 랜덤 배정되기 때문에 이런 케이스들을 잘 활용하면 우리 회사의 '맞춤형' 이미지를 유지하는 데 큰 도움이 된다. 하지만 지나치게 비싼 물건이나 산타의 신비감을 해칠 수 있는 요청 사항은 들어줄 수 없다. 이런 결정은 미묘한 것이라 시스템보다는 직원의 감에 맡긴다. 그 리스트를 들여다보던 중 특이한 숫자를 발견했다.

"29?"

신청인의 나이가 스물아홉 살이었다. 그 나이에 아직도 산타를 믿는다고? 머릿속에 꽃다발만 가득 찬 거냐? 신청인의 신상 정보 안으로 들어가봤다.

이름 : 서여정

성별 : 여

나이 : 29(1965년 7월 6일생)

가족관계 : 6세, 5세 연년생 여아를 키우고 있음. 자녀 이름 오정경, 김미연. 남편 없음.

직업 : 배우 겸 옷가게 직원

뭐지, 이 익숙한 프로필은? 우리 엄마잖아! 대체 뭘 갖고 싶길래.

요청 사항은 '비행기 티켓'이었다. 인간 사회에서 발행하여 사회적 약속에 의해 가치를 발생시킨 물건. 산타의 신비감을 손상시킬 품목.

엄마가 왜 이러는지는 알 것 같았다. 세부 요청 사항에 '로테르담행'이라고 적혀 있었기 때문이다. 지금 배송 나가는 연도가 바로 엄마가 출연한 영화가 로테르담 영화제에 초청받은 그해인가 보다. 아예 지어낸 얘기는 아니었네. 쪼잔한 제작사 사장이 단역배우는 데려가려 하지 않으니까 산타한테 편지를 쓴 거였다. 거기 갈 수만 있다면 엄마의 꿈이 이뤄질 거라고 믿으면서.

한숨이 절로 나왔다. 그래, 엄마는 나를 낳기 전부터 쭉 이렇게 유치하고 무책임한 사람이었구나. 너무 엄마답다.

신청인 나이로 보나 요청 사항의 성격으로 보나 단칼에 무시해야 하는 건이었다. 위로 차원에서 비행기 모양 펜던트 정도는 보내줄 수도 있겠지.

하지만 나는 엄마의 요청 사항을 승인했다. '서여정에게 로테르담행 비행기 티켓을 배송하라'는 오더가 물류팀으로 내려보내졌다.

··

"핫초코 한잔할래요?"

아침에 로잘린에게 퉁명스럽게 대한 게 미안해져 먼저 손을 내밀었다.

"좋지! 크리스마스에는 핫초코가 제일이니까!"

로잘린이 환하게 웃었다.

매일매일이 크리스마스인 이곳이 지겨워 죽겠다는 나와 달리 사수 로잘린은 그 누구보다 크리스마스를 즐기는 사람이었다. 그녀와 함께 있을 수 있어서 이곳에서의 생활이 나쁘지 않았다. 죽지 못해 살아 있는 하루하루였지만 그녀의 친절 덕분에 타인으로 인해 마음이 따뜻해지는 기분을 처음으로 느낄 수 있었다.

오늘이 지나면, 다시는 로잘린과 만날 수 없게 될지도 모른다.

내가 보낸 비행기 티켓이 엄마의 인생을 바꾸게 된다면.

로테르담에 가서 영화 관계자의 눈에 띈 엄마가 배우로서 성공한다면.

아마도 나는 태어나지 않을 것이다.

••

마지막으로 자리 정리를 하고 주변을 둘러보았다. 눈 쌓인 창밖 풍경이 애틋하게 느껴졌다. 자살을 결심한 그날도 엄마 집 작은방 내가 있던 자리는 깔끔히 정리해두고 나왔었는데.

"오늘따라 멜랑콜리해 보이네? 어디 멀리 가는 사람처럼?"

"역시 눈치가 빠르시네요."

"눈치가 빠른 게 아니라 관심이 많은 거야. 정말 어디 가?"

"내일 되면 알 수 있을 거예요. 호수에 던진 작은 돌이 어떤 물결을 일으킬지."

내가 웃어 보이자 로잘린도 따라 웃었다.

"퇴근 안 해?"

로잘린이 물었다.

"뭐 하나만 확인하고 갈게요. 먼저 들어가세요."

일이 잘되고 있는지 확인하고 싶었다. 엄마에게 향하는 선물의 배송 현황을 클릭했다.

'선물이 준비되어 물류센터를 출발하였습니다.'

휴. 잘되고 있군.

모니터를 끄고 나가려다 이상한 점을 발견했다. 배송이 진행되고 있는 건 맞는데 배송 품목이 비행기 티켓이 아니었다.

디오르 화장품 팔레트? 면세점 한정 판매용?

이게 뭐야! 왜 선물이 바뀐 거지?

••

"검수팀에서 확인 요청이 들어와서 저희가 검토했고, 산타 마을에서 생산했다고 하면 신비감을 해칠 수 있는 품목이라고 판단해서 적당히 다른 것으로 교체했어요."

"디오르 화장품 팔레트를 산타 마을에서 생산했다면 그건 믿길까요? 게다가 면세점 한정 판매용? 비행기 티켓 달라는 사람한테 장난하는 것도 아니고. 네덜란드 특산물 파란 무늬 도자기라도 보내주든가. 이런다고 산타 마을의 신비감이 유지됩니까?"

"보세요. 신청인 나이가 너무 많아요. 이런 사람이 산타에게 비행기 티켓을 받았다고 여기저기 떠벌리고 다니기 시작하면 엄청 곤란해집니다. 산타가 줬다는 걸 검증하라는 사람들이 생겨날 테고 증명할 방법이 없으면 막 나갈 수도 있어요. 이런 경우에는 임팩트 없는 선물로 기대를 줄여나가서 조만간 우리를 잊어버리게 하는 게 훨씬 낫습니다. 그동안 수많은 케이스를 통해 회사에 쌓인 노하우예요. 그런데 이걸 내가 왜 김현재 씨에게 설명해야 하죠? 이 건 때문에 무슨 문제라도 있습니까?"

물론, 문제는 없었다.

본부 건물을 나서는 나 자신에게 너무 화가 났다. 호기롭게 항의하러 가서 그렇게 쉽게 항복한 것이 부끄러웠다. 하긴, 끝까지 버텼다 한들 뭐가 바뀌었을까. 이미 썰매는 출발했고 나는 한없이 사소했던 내 인생을 없던 일로 만들 단 한 번의 기회를 날려버렸다.

함박눈이 소복소복 예쁘게 내리고 있었다.

그냥 이렇게 살다 죽지 뭐. 맞다. 나 죽지도 못했지. 한심함의 클래스는 영원하다.

그 순간, 잊을 수 없는 콧김의 불쾌한 뜨듯함이 목덜미에 와 닿았다. 반사적으로 고개를 돌리자 커다란 까만 눈이 껌뻑껌뻑 나를 바라보고 있었다. 루돌프였다. 나는 뒤로 자빠지고 말았다.

"왜…… 왜 그러세요."

루돌프의 커다란 얼굴이 다시 한 번 코앞까지 다가왔다. 나는 눈을 질끈 감았다. 루돌프의 위치를 늘 확인하고 있어야 했는데. 요즘 들어 방심했던 나 자신이 미웠다. 이렇게 물러 터졌으니 당해도 싸지. 다행히 그의 얼굴은 금방 내게서 멀어졌다. 하지만 곧이어 그 짐승의 털 달린 발이 내 사타구니 쪽을 향해 다가오는 것을 느꼈다. 그것은 확신이었다.

두 번 당하진 않을 거야!

마음속으로 크게 외쳤지만 몸이 움직이지 않았다. 겨우 용기를 내 실눈을 떠보니 이미 루돌프의 발이 내 사타구니 근처에 있었다. 다만 다가오는 게 아니라 뒷걸음치며 멀어지고 있었다. 그의 발이 떠난 자리에는 빨간 리본이 달린 하얀 봉투가 올려져 있었다. 도대체 이게 무슨 상황이야. 루돌프가 괜찮다는 듯 빨간 코를 살짝 흔들어 보였다.

허벅지에 살포시 놓인 봉투를 집어 열어보았다. 서울발 로테르담행 비행기 티켓이 들어 있었다. 탑승자 이름은 서여정.

••

이대로 떨어져버릴까. 루돌프가 끄는 썰매를 타고 날아오르는 순간 처음 했던 생각이다. 하지만 자살 시도는 이미 해봤고, 엄밀히 말해 실패한 것도 아니었다. 다시 한 번 시도해본들 결과가 달라질 것 같지 않았다. 게다가 나는 이승의 물리적 신체와는 분리돼 산 것도 죽은 것도 아니었기에 떨어진다고 반드시

죽는다는 보장은 없었다.

그럴 바에는 차라리 뭐든 해보자. 살면서 물러나기만 했지 뭔가를 시도해본 적은 없었잖아. 이제라도 후회하느니 뭐가 됐든 부딪쳐보는 거야.

루돌프의 썰매가 구름 아래로 내려가자 1994년 크리스마스 이브의 서울 야경이 펼쳐졌다. 그 시절 엄마는 어디에 살고 있을까. 꼬맹이 누나들도 볼 수 있으려나? 누나들 선물은 뭘로 배정됐는지 확인해볼걸 그랬다. 둘 다 질색할 선물들로 바꿔놨으면 아주 고소했을 텐데.

썰매는 네온사인이 번쩍이는 어느 모텔촌에서 고도를 낮췄다. 느낌이 싸했다. 아무리 철없는 엄마라도 여자애 둘을 데리고 이런 데 살지는 않았을 텐데.

루돌프가 멈춘 곳은 한 모텔 건물의 2층 창문 앞이었다. 루돌프는 들어가라는 듯 고갯짓했다. 나는 일단 창문을 열고 방 안으로 들어갔다.

방은 비어 있었다. 엄마가 머무는 방인가? 둘러보니 아주 사는 것 같지는 않고 무슨 일로 하룻밤 여기 묵게 된 모양이다. 누나들은 어떡하고 크리스마스에 밖으로 나돌고 있는 거야. 역시 이런 엄마의 자식으로 태어나느니 그냥 안 태어나는 게 나았겠어.

침대 머리맡에는 디오르 화장품 팔레트로 추정되는 선물 상자가 놓여 있었다. 나는 선물 상자를 치우고 그 자리에 비행기 티켓이 든 봉투를 내려놓았다. 임무 완수.

돌아서 나가려는데 욕실에서 물소리가 들려왔다. 엄마가 여기 있다!

잘못 하다간 엄마랑 마주칠 수도 있을 터였다. 그럼 어떻게 되는 거지? 도플갱어도 아닌데 누가 죽거나 하진 않겠지? 어차피 난 산 것도 죽은 것도 아니니까 죽으나 사나 마찬가지다.

문득 걱정이 됐다. 산타 선물은 아침에 발견해야 되는 거 아닌가? 잠들기 전에 산타 선물을 발견했단 이야기는 들어본 적이 없는 것 같다.

다시 봉투를 집어 주변을 살폈다. 테이블 위에 엄마가 아끼는 핸드백이 놓여 있었다. 저기 넣으면 못 보고 지나치지는 않겠지. 혹시 무슨 봉투인지 열어보지도 않고 버리면 어떡하지? 평소 핸드백에 온갖 영수증과 전단지 따위를 잔뜩 넣어놓고 다니는 엄마의 습관을 아는지라 또다시 걱정이 됐다.

마침 핸드백 속에 굴러다니는 빨간 립스틱이 있었다. 봉투 위에 커다랗게 '산타클로스로부터'라고 적고 나서야 겨우 안심이 됐다. 이번에는 테이블 위에 있는 지갑이 눈에 띄었다. 칠칠맞지 못한 엄마가 지갑을 두고 갈 것 같았다. 이왕 이렇게 된 거 핸드백에 넣어주려고 지갑을 집어 무심결에 펼쳤다. 남자 사진이 박힌 주민등록증이 보였다.

누구지? 눈을 씻고 다시 보니 아는 이름이었다. 엄마가 술 먹을 때마다 목 놓아 욕하던 그 이름 석 자, 엄마가 출연했던 영화의 쪼잔한 제작사 사장이었다. 얼굴을 보니 몇 년 전에 칸 영화제에서 무슨 무슨 상을 받아온 그 감독이 맞았다. 뭐야, 지금 그 인간이랑 같이 온 거야? 크리스마스이브에?

갑자기 모든 퍼즐이 맞춰졌다. 엄마는 로테르담 영화제에 같이 가기 위해 이 자식이랑 여기 온 거고, 그러고도 그 자식은 엄마를 데려가지 않았던 거다.

그자와는 절대 잔 적이 없다고 주장했던 엄마에게 심한 배신감을 느꼈다. 그깟 비행기 티켓 때문에 이렇게까지 해야 했나. 한편으로는 이렇게까지 했는데 약속을 지키지 않은 개새끼에게도 화가 났다. 나 지금 죽지도 않는 영혼인데 그 새끼가 오면 한 대 패줄 수 있지 않을까? 어딜 간 거지? 설마 엄마 혼자 여기 두고 집에 갔나?

루돌프가 빨간 코로 창문을 두드리며 얼른 나오라는 신호를 보냈다. 그래, 난 여기까지다. 애초에 크리스마스 선물 하나로 엄마의 한심한 인생을 구원해줄 수 있을 거란 생각이 잘못된 거였다. 한숨을 쉬고 창문을 열었다.

욕실에서 물소리가 그쳤다. 서둘러야 한다. 얼른 창문 밖으로 빠져나오는데 미련이 남았다.

마지막으로 엄마 얼굴이나 한 번 보고 갈까?

안쪽으로 몸을 돌리려는데 루돌프의 발이 창문 안으로 쑥 들어와서 내 손을 잡아챘다. 나는 처음으로 나의 친절한 납치범, 루돌프의 눈을 똑바로 쳐다봤다.

"마지막일지도 모른다고!"

루돌프가 가차 없이 나를 공중으로 낚아챘다. 나는 루돌프 발에 매달린 채 순식간에 구름을 향해 날아올랐다.

"살려줘! 이렇게는 산타 마을까지 절대로 못 버틴단 말이야!"

루돌프의 눈동자가 데구르르 굴러가는 것 같았다. 그가 앞발을 가볍게 흔들자 나는 손을 놓치고 말았다. 속수무책 아래로 떨어지는데 루돌프가 내 뒤를 쫓아 하강하는 소리가 들렸다. 이제 슬슬 지면에 머리가 처박히기 직전이었다. 처음 떨어지는 것도 아닌데, 뭐. 또 죽기밖에 더하겠어. 그 순간 삼도천을 코앞에 두고 그랬던 것처럼 나는 또 한 번 루돌프의 등 위로 안착했다. 이제는 그의 등이 반가울 지경이었다.

루돌프는 내가 몸을 일으키는 것을 기다려주었다. 나는 조심스럽게 물었다.

"잠깐만요. 엄마 얼굴 한 번만 보고 가면 안 될까요?"

루돌프는 흐흐흥 소리를 냈다. 긍정인지 부정인지 알 수 없었지만 나는 그가 즉시 날아오르지 않는 것을 긍정의 답으로 생각하기로 했다.

"아무것도 안 할게요. 그냥 보기만 할게요."

잠시 망설이던 루돌프는 결심이 섰는지 순식간에 나를 엄마가 있는 모텔 방 창문 앞으로 데려다주었다.

엄마는 샤워를 마치고 머리를 말리고 있었다. 흔들리는 머리카락 너머 거울 속 엄마의 얼굴을 확인한 순간, 후회가 해일처럼 밀려왔다.

마지막으로 딱 한 번 보고 싶었던 그 얼굴은, 요즘 내가 가장 잘 아는 사람의 얼굴이었다.

매일매일이 크리스마스라 소중함을 몰랐던 날들.

하루하루 내 이야기에 귀 기울여주던 유일한 사람.

로잘린.

..

산타 마을로 향하는 루돌프의 썰매 안에서 내 머릿속은 기류에 휩싸인 비행기처럼 세차게 흔들렸다. 로잘린이 엄마일 거란 생각은 한 번도 해보지 못했다. 엄마를 눈앞에 두고 알아보지 못하다니. 생각해보면 전역하고 작은방으로 들어간 뒤로 몇 년 동안이나 엄마를 제대로 본 적이 없었다. 엄마라는 존재는 그토록 생생한데 엄마의 얼굴은 흐릿해져버린 거였다.

그러고 보니 어릴 적 둘째 누나랑 싸우다 두 동강 냈던 트로피에 '로잘린 역 서여정'이라고 쓰여 있던 기억이 떠올랐다. 엄마가 로잘린이라는 이름을 쓴 이유가 있었어.

아니, 내가 죽기로 결심했을 때 엄마는 분명 살아 있었는데 어떻게 나보다도 먼저 산타 마을에 와 있었던 거지? 게다가 로잘린, 아니 엄마는 너무 젊었다.

"역시 머리가 나쁘군. GSP의 핵심 기술은 산타 마을과 이승 사이의 시간을 굴절시킬 수 있는 거랬잖아. 볼록렌즈를 놓으면 산타 마을에서 과거로 갈 수 있다는 건, 반대로 오목렌즈를 놓으면 미래에서 산타 마을로 올 수도 있다는 뜻이라고."

나는 놀라서 루돌프 등 위에서 떨어질 뻔했다.

"뭐, 뭐예요? 사슴이 말을 할 수가 있어요?"

"못한다고 한 적 없는데? 그리고 난 사슴이 아니고 순록이야."

"아, 순록. 오해해서 미안해요. 그동안은 내내 사슴인 줄 알았어요."

지금 그게 중요한 게 아니잖아.

"아무튼 이게, 오늘 밤 이 상황이 어떻게 된 건지 설명을 좀 해줄래요?"

"뭐가 어떻게 돼. 주어진 운명을 정확히 수행한 거지. 지금쯤 로잘린은 핸드백 속의 비행기 티켓을 확인했을 거야. 그리고 곧 그 티켓은 네 아빠가 준 게 아니라는 걸 알게 돼."

"제 아빠요?"

"그래, 네 아빠. 오늘 저 모텔 방에 같이 투숙한 사람."

엄마가 술만 먹으면 욕하던 그 쪼잔한 제작자가 내 아빠라고? 나중에는 칸 영화제에서 뭔 대단한 상까지 수상한 그 감독? 그렇게 잘났으면서 아들 얼굴 한 번 보러 오지 않았단 말이야? 엄마는 욕하면서 그 이름을 나한테 각인시킨 거고? 무슨 출생의 비밀이 이렇게 구질구질해.

"그걸 안 로잘린은 더 이상 그자에게 매달릴 이유가 없어지겠지. 그러면 네가 세상에 태어날 이유도 없어질 테고."

"그럼 전 이제 어떻게 되는 거예요?"

"산타 마을에 도착하기 전에 사라질 거야."

그것 참 좋은 일이다. 벌써부터 기분이 좋아지려고 해. 하지만 걸리는 게 하나 있다.

"근데 엄마는…… 로잘린은 왜 산타 마을에 와 있는 거예요? 그렇게 젊은 모습으로? 나 때문에 미래가 바뀌고 일찍 죽은 거예요? 내가 비행기 티켓을 선물로 줘서?"

"나비효과라고 하잖아. 인생의 작은 변화가 무슨 일을 불러올지는 아무도 모르지. 그 인과관계를 다 설명하려면 오늘 밤 안에 끝나지 않을걸. 그런 걸 누구의 탓이라고 한다면 우리는 타인에게 아무 영향도 끼쳐서는 안 돼. 그 대신 우린 그걸 운명이라고 부르지."

"좋아요. 그렇다 치고. 이 운명은 누가 설계한 건가요? 당신인가요? 산타인가요? 아니면 저기 위에 계신 분?"

루돌프의 대답은 놀라웠다.

"로잘린의 기도."

뭐라고요? 엄마의 기도? 제발 누가 이게 무슨 뜻인지 좀 설명해…….

나는 속절없이 사라지고 있었다.

산타 할아버지 안녕하세요.

오랜만에 편지를 쓰네요. 오래전 로테르담행 비행기 티켓을 거절당한 뒤로 편지 쓰기를 멈췄었지요. 이제는 막내아들까지 태어나 세 아이의 엄마가 되었어요. 지켜보고 계셨나요?

저희 아이들은 모두 개성이 정말 강하답니다. 엄마로서 너무나 자랑스러워요.

그래서인지 아이들이 자라날수록 세 아이 다 정말 저와는 다른 사람이라는 걸 깨달아요. 아이들을 더 알고 싶고 아이들이 겪는 모든 일을 함께 해주고 싶은데 그럴수록 우리는 서로 다른 시간을 살고 있다는 생각만 듭니다.

아이들의 시간은 반짝이면서도 치열합니다. 날마다 새로운 것들을 배우고 또 날마다 새로운 위험을 맞이하지요. 저는 기억하지도 못하고 상상하기도 어려워진 밀도의 감정들을 그 여린 몸으로 온전히 겪어내고 있어요. 그런 반면 저의 삶은 이미 정점을 지나 지지부진하게 흘러가고 있지요. 꿈은 꺾였고 저를 위해선 특별히 바라는 것도 없어요. 그저 한 가지 원하는 것은 아이들의 마음을 조금만 더 깊이 이해하는 것입니다. 이렇게 늙어버린 몸과 마음으로, 매순간 치열하게 세상과 부딪히며 살아가는 아이들의 인생을 감히 함께하고 있다고 할 수 있을까요. 저는 아닌 것 같아요. 늘 아이들을 놓칠까 불안합니

다. 한 번이라도 아이들과 같은 속도로, 같은 시간의 흐름을
겪으며 살아보고 싶어요. 아이의 엄마가 아닌 친구가 되어볼
방법은 정말 없을까요?

··

나는 사라지고 있었다.

사라지면서 떠올렸다. 산타 마을에서 로잘린과 함께했던 시
간들을.

매일매일이 크리스마스였던 그날들을.

그녀가 좋아했던 사무실 바깥의 풍경을.

나를 주인공이라 불러주던 목소리를.

핫초코의 달콤함을.

나에게만 한없이 쏟아지던 그녀의 사랑을.

삼도천과
산타 마을 사이에서

시작은 30억 예산의 따뜻한 크리스마스 영화로 얼어붙은 영화 투자시장을 뚫어보겠다는 직업적 야망이었다. 취업에 실패한 자살 청년이 삼도천을 건너기 직전 산타와 루돌프 듀오에게 납치돼 강제 노동에 시달리다 마침내 지난 인생의 숨겨진 가능성을 깨닫게 되는 이야기. 소설로 먼저 쓰고, 시나리오로 개발해 금의환향하리라.

시놉시스는 얼추 맞는데 결과적으로 소설 〈전지적 루돌프 시점〉은 기획 의도에서 한참 벗어난 이야기가 되어버렸다. 크리스마스에 온 가족이 함께 극장 나들이를 나섰다가 뿔뿔이 흩어져 바람 좀 쐬고 돌아와야 할 이야기를 쓰고 말았으니. 엄마의 사랑을 깨달았든 못 깨달았든 엄마 얼굴 보기가 좀 힘든 이야기랄까.

모든 걸 알고 있지만 언제 무엇을 말해야 할지는 모르는 루돌프처럼, 전지적 작가 시점의 작가라 한들 언제 이야기 속으로 뛰어들어가 흐름을 뒤집어놓아야 할지 아는 것은 쉽지 않다. 현재와 그의 누나들, 그의 어머니와 로잘린까지. 그들을 고통스러운 삶 속에 던져놓은 건 나였지만 그들의 삶에 따뜻한 희망 한 줄기 던져주는 것은 너무 어려웠다. 그럼에도 불구하고 끝까지 씩씩하게, 다른 건 몰라도 입담만은 잃지 않아준 나의 모든 캐릭터들에게 감사의 말을 전한다.

　　독자들에게는 이 이야기가 폭력과 사랑이 난무하는 이승의 삶 속 작은 쉼표가 될 수 있기를 바란다. 저승에서는 무엇이 기다리고 있을지 모르니까.

어나더 라이프 : 글리치

초판 1쇄 발행 2026년 3월 10일

지은이. 박새봄 박현진 박현주 이윤정
펴낸이. 김태연

펴낸곳. 멜라이트
출판등록. 제2022-000026호
이메일. mellite.pub@gmail.com
인스타그램. @mellite_pub
디자인. 강경신

ⓒ 박새봄 박현진 박현주 이윤정, 2026

ISBN 979-11-988338-9-1 (03810)